Panama Letters

Elena Coloma Andrews

Über die Autorin:

Die Autorin hat zahlreiche Erfahrungen sammeln dürfen, die ihr ein weites Spektrum an Einblicken in verschiedene Lebenswelten gewährt haben. Halb Deutsche, halb Chilenin, ist sie trilingual in Deutschland und Panama aufgewachsen. Zurzeit hat sie ihre Heimat im Rheinland, Bonn gefunden.

Zudem ist sie Kulturanthropologin, hat Psychologie und amerikanische Sprache und Literatur studiert.

Panama Letters

Briefe aus der Ferne

Elena Coloma Andrews

Sollte diese Publikation Links auf Webseiten Dritter enthalten, so übernehmen wir für deren Inhalte keine Haftung, da wir uns diese nicht zu eigen machen, sondern lediglich auf deren Stand zum Zeitpunkt der Erstveröffentlichung verweisen.

1. Auflage, 2023
© 2023 Elena Coloma Andrews – alle Rechte vorbehalten.
ISBN: 978-3-7534-9095-3
Herstellung und Verlag: BoD – Books on Demand, Norderstedt
Umschlaggestaltung: Silke Gebke
www.gefuehle.co

FSC
www.fsc.org

MIX
Papier aus verantwortungsvollen Quellen
Paper from responsible sources
FSC® C105338

*Egal ob Erwachsener oder Kind: Es braucht eine
Handvoll passgenauer Menschen, um die
Einsamkeit zu vertreiben.*

Vorwort

Als zarte Pflanze von sechs Jahren kam sie in ein ihr völlig fremdes Land. Die Reaktion Außenstehender auf ihre Geschichte ist üblicherweise: „Oh wie schön! Da hast du ja bestimmt viele Sprachen gelernt und viel erlebt."

„Das stimmt." Erwidert die nun erwachsene Pflanze den neugierigen Zuhörern, „Es war neben exotisch und toll auch herausfordernd."

In diesem Buch geht es um die Geschichte von Mutter und Tochter in den 90er-Jahren in Panama. Besonders als Kind bleibt die Geschichte oft im Verborgenen.

In diesem Buch gibt es beide Geschichten ...

Einleitung

Kulturschock - anders kann man das nicht nennen, was meine Mutter erfahren hat. Sie ist als Deutsche 1992 nach Panama ausgewandert, weil ihr Mann - mein Vater - einen Vertrag für zunächst zwei Jahre erhalten hatte, um das duale System der Berufsausbildung in Panama einzuführen. So lebten wir - mein Bruder Samuel, mein Vater Pedro, meine Mutter Silvia und ich - dann plötzlich in Panama.

Silvia beschloss, den Kontakt zu ihrer Heimat Deutschland, genauer gesagt Duisburg, halten zu wollen. Sie wollte ja auch nach zwei Jahren wieder nach Duisburg zurückkehren und an ihren alten Freundeskreis anknüpfen können. Sie fing also kurz nach der Ankunft in Panama damit an, einen Rundbrief an circa 30 Freundinnen, Freunde und Verwandte bzw. Familien zu verfassen.

Eine dieser befreundeten Familien heißt Friedmann. Die Briefe an die Friedmanns sind in diesem Buch beispielhaft für die anderen 30 abgetippt worden, da Ursula, die Frau und Mutter der Familie, diese Briefe über mehr als 20 Jahre in ihrem Dachboden aufbewahrt und mir zur Verfügung gestellt hat. Die Rundbriefe bestehen aus einem allgemeinen Teil, der für alle 30 Adressaten geschrieben wurde, und einer persönlichen Anrede, die handschriftlich hinzugefügt wurde, und einem ebenso handschriftlich hinzugefügten Abschlussteil, der persönlich formuliert auf den oder die Adressaten zugeschnitten ist.

Die Briefe wurden mit einem Computer geschrieben. Die Umlaute gab es auf unserer ersten Computertastatur nicht, da es eine englische Tastatur war. Daher sind die ersten Briefe mit Umlautumschreibungen wie „ue" für „ü" usw. abgetippt. Die Tastatur-Codes für die Umlaute und das Eszett kannte meine Mutter dann ab Rundbrief Nummer sieben. Alles ist wie im Original, auch die Zeichnungen, und sogar die Flüchtigkeitsfehler wurden übernommen.

Warum hat meine Mutter Rundbriefe geschrieben und nicht etwa eine E-Mail? Oder einen Anruf getätigt?

Zu dieser Zeit gab es noch kein Internet für den „Otto-Normal-Verbraucher" und Anrufe von Festnetz zu Festnetz kosteten eine horrende Summe.

Eine Tante von mir sammelte über Monate hinweg Münzen, um von einer Telefonzelle aus in Deutschland meine Mutter für circa fünf Minuten anrufen zu können, um ihre Stimme mal wieder zu hören. Es war schlichtweg nicht anders möglich, den Kontakt zu Freunden, Familie und Bekannten in Deutschland zu halten, als diese Briefe zu schreiben. Damals gab es zwar schon Handys, aber die glichen einem großen, schweren Knochen und waren nur für eine ganz kleine, ausgewählte Elite erschwinglich, wie zum Beispiel für meine Tante Bettina, die als Stewardess bei der Lufthansa immer und überall erreichbar sein musste.

Zurück zu den Rundbriefen. Meine Mutter befand sich also in Panama und wusste nur das, was sie irgendwo in Büchern wie „Oh, wie schön ist Panama" von Janosch gelesen hatte. Spaß beiseite.

Natürlich meine ich die Reiseliteratur, die sie vor unserer Abreise gewälzt hatte. Sie fand genau ein Buch in der Stadtbibliothek zum Thema Panama. Und zwar: zum Bau des Panamakanals. „Oh, wie schön ist Panama" haben wir in vierfacher Ausführung zum Abschied nach Panama, jedoch mit unterschiedlichen Widmungen, von Bekannten geschenkt bekommen. Wie dem Tiger und dem Bären ging es uns auch.

Wir haben uns zu Anfang sehr verloren gefühlt und dann irgendwann haben wir so langsam den Groove herausbekommen, wie Panama so tickt und die Menschen dort auch. Dies war jedoch ein steiniger Weg, bis wir wieder „zu Hause" in Deutschland angekommen sind.

Bevor wir in Panama ankamen, gab es schon eine lange Vorlaufzeit, die mich als Kind von sechs Jahren merken ließ, dass eine große Veränderung anstand. Mein Vater lebte schon seit einigen Monaten in Panama. Er war ohnehin oft beruflich unterwegs in anderen Ländern, aber bis dato höchstens für zwei Monate. Meine Mutter war zudem damit beschäftigt, Dinge einzupacken.

An ein Ereignis erinnere ich mich noch genau, und zwar musste sie unsere Waschmaschine in Düsseldorf aufgeben.

Die Waschmaschine sollte schließlich mit nach Panama und musste bestimmte Kriterien erfüllen für den Transport. Das hat einen ganzen Tag gedauert. An dem Tag habe ich in der Schule Bauchschmerzen bekommen und wurde von unserer damaligen liebevollen Nachbarin, Frau Wunderschön, bei sich zu Hause aufgenommen und ganz besonders umsorgt.

Ich war in der ersten Klasse in Duisburg eingeschult worden und habe mich dort sehr wohl gefühlt, aber durfte leider nur zwei Monate dortbleiben. Dann ging es in die nächste Grundschule auf Zeit in Bad Honnef. Der Wechsel nach Bad Honnef erfolgte, weil meine Eltern Vorbereitungsseminare für Panama dort besuchen mussten. Für mich ging es dann wieder in einen Kindergarten dort, da die Klassenkameraden in der Schule nicht gerade nett waren. Dann erst ging es nach Panama.

Panama - el centro del universo

In Panama City, in dem Land Panamá, waren Samuel und ich in der internationalen Schule von Panama wieder neu eingeschult worden. Wie in vielen internationalen Schulen auf dieser Welt sind etliche ökonomisch privilegierte Kinder in so einer Schule zu finden. Auch bei uns war dies der Fall.

Wir gehörten mit dem guten Gehalt meines Vaters zu den „Ärmsten" in der Schule. Ich habe, nachdem ich schon lange dort nicht mehr Schülerin war und schon wieder in Deutschland lebte, gehört, dass ein Schüler meiner ehemaligen Klasse zum 18. Geburtstag einen Hubschrauber-Flugschein geschenkt bekommen hat und den dazugehörigen Hubschrauber ebenfalls - nur, um ein Beispiel zu nennen.

Die Panamaer sagen gerne, dass Panama „el centro del universo" ist. Das bedeutet, dass sie sich als Zentrum des Universums verstehen. Sie sind sehr stolz auf den Panamakanal und auch auf ihre Lebensfreude.

Panama liegt zwischen Kolumbien und Costa Rica. Es ist das schmalste Land zwischen Nord- und Südamerika. Deswegen wurde auch dieses schmale Land für den Bau des Kanals ausgewählt, da die Magellanstraße über das Meer um die südlichste Spitze von Chile umgangen werden sollte. Vor dem Bau des Kanals passierten viel zu viele Schiffbrüche in der Magellanstraße.

Die Lebensfreude der Panamaer kann man zum Beispiel beim Karneval hautnah miterleben. Hautnah auch insofern, als dass die Damen auf den Karnevalswagen fast nichts anhaben außer ein paar Glitzersteinchen in Form eines BHs oder Slips. Der imposante Kopfschmuck aus Federn darf auch nicht fehlen. Die Wagen werden mit viel Liebe über ein Jahr hinweg üppig dekoriert. Unter anderem werden sie mit einer Metallstange für jede auf ihm stehende Dame ausgestattet, die sich an Karneval an dieser besagten Stange festhalten kann, um die Balance zu halten trotz ihres großen Kopfschmuckes und ihrer hohen Hacken. Sie winkt dann wie eine „Miss America" in die Menge mit der einen Hand, und mit der anderen hält sie sich fest. „Rio Abajo" und

„Rio Arriba" - die beiden Karnevalsgesellschaften in Panama City - konkurrieren das ganze Jahr über in der Fernsehwerbung, wer an Karneval die schönsten Damen und Wagen hat. Kamelle wie im Rheinland werden in Panama - wenn ich mich recht erinnere - auch geworfen. An die volltrunkenen Männer kann ich mich aber noch besonders gut erinnern. Die rochen so unangenehm und lösten in mir ein ungutes Gefühl aus. Das ganze Land ist auf den Beinen. Es wird Salsa, Samba und am liebsten Reggaeton gespielt. Das Motto an Karneval lautet: Tanzen und Feiern bis zum Umfallen. Der Karneval dort erinnert an den bekannten Karneval von Brasilien und lässt nichts von dessen Flair missen.

Darién ist eine Provinz von Panama an der Grenze zu Kolumbien. Manchen ist sie vielleicht wegen des Drogen-schmuggels (hauptsächlich Kokain) aus den Nachrichten bekannt.

Die Panamericana, die Straße, die durch Nord- und Süd-amerika führt, hört plötzlich in Kolumbien auf und geht erst nach Darién wieder weiter - der sogenannte Darién Gap. Man muss als Reisender hier mit einem Flugzeug den Urwald überqueren. Oder man fährt mit einem Schiff. Anders ist der Darién Gap nicht passierbar.

In der Provinz Darién sind keine Straßen vorhanden. Die Einwohner des Urwaldes und die Drogenschmuggler haben das Sagen dort. Deshalb gilt diese Provinz als äußerst gefährlich für Touristen oder sonstige „Normalos". Außer einem Lehrer der besonderen Art meines Bruders hat meines Wissens nach niemand aus unserem Freundes- und Bekanntenkreis je einen Fuß in diese Provinz gesetzt.

Der Lehrer meines Bruders war - wie gesagt - besonders. Alle hatten vor ihm Respekt, aber keine Angst. Er hatte keinen autoritären Stil, sondern ging eher freundschaftlich mit seinen Schülern um. Er kommunizierte auf Augenhöhe mit ihnen. Er war, nicht nur was das angeht, besonders, sondern auch aufgrund seiner Leidenschaft für Abenteuer. Er fuhr einfach ohne Plan in den Dschungel von Darién und verbrachte dort mit einem indigenen Stamm, den er zufällig getroffen hatte, Zeit. Er hatte ein Zelt mit einer Hängematte dabei, damit ihn die Schlangen nachts nicht beißen konnten. Er kam komplett mit Henna ähnlicher Farbe bemalt zurück in den Unterricht und lief dann einige Wochen so herum.

Die Bibliothekarin der Schule war für mich sehr besonders und wichtig. Sie war eine magische Frau und schaffte es, mich für das Lesen zu begeistern. Seitdem war ich immer eins mit den Büchern, die ich las. Zu unseren Freizeitaktivitäten später mehr.

Das Klima in Panama ist feucht und warm. Die durchschnittliche Temperatur ist 30 Grad und die durchschnittliche Luftfeuchtigkeit liegt bei 80 Prozent. Das Klima war so, dass die Butter auf dem Frühstückstisch wegschmolz. Allesamt gewöhnten wir uns selbige zu essen ab. Bei mir hielt diese Gewohnheit sogar bis 2018 an, bis ich anfing, Margarine zu essen.

Man ging morgens duschen, und als man fertig war mit dem Abtrocknen, konnte man sich wundern, dass einem wieder „die Suppe" herunterlief. Meine Mutter sagte in der Nachschau dazu: „Ich habe in Panama die Sonne fürchten gelernt."

Überall, ob im Supermarkt oder in der Schule, gab es Klimaanlagen. In der Schule liefen sie so stark aufgedreht, dass viele Kinder mit einem Pullover im Unterricht saßen. In den Pausen hatte man dann den Kontrast der circa 38 Grad draußen.

Manchmal erkältete man sich sogar aufgrund des starken Temperaturwechsels zwischen drinnen und draußen. Wenn man schweißgebadet einen klimatisierten Raum betritt, kann man sich schon vorstellen, dass das nicht gut geht.

Im Auto machten wir auch die Klimaanlage an. Wir haben einmal zum Spaß die Heizung im Auto aufgedreht. Sauna-Feeling.

Die Sonne geht jeden Tag um sechs auf und um 18 Uhr wieder unter - jeden Tag im Jahr. Mein Vater sagte einmal kurz vor unserer endgültigen Rückkehr nach Deutschland, dass wir die Sonnenauf- und -untergänge über dem Meer noch vermissen und im Nachhinein zu schätzen wissen werden. Er sollte recht behalten.

Es gibt keine Jahreszeiten wie in Deutschland, sondern Trocken- und Regenzeit. Vermisst haben wir die deutschen Jahreszeiten nie. Aber als wir zurück in Deutschland nach fast sieben Jahren Schnee-Abstinenz im Schneegestöber einen Schneemann bauten, hatten wir unheimlich Spaß und eine Freude daran, als hätten wir den ersten Schneemann unseres Lebens gebaut.

In Panama spricht man Spanisch und die Währung ist der US-amerikanische Dollar. Panama war von US-amerikanischen Truppen über Jahre hinweg besetzt. On Base - in der abgesperrten amerikanischen Zone, in die man nur mit Berechtigungsausweis rein kam - sah es sehr amerikanisch aus. Es gab einen Kentucky Fried Chicken, amerikanisches Kino, bei dem man am Anfang des gezeigten Filmes aufstehen musste, um die amerikanische Hymne zu singen, Baseball-Felder und „Fumigadores" - Giftspritzer aufgrund der vielen Insekten.

Panama City, die größte Stadt Panamas mit ca. 810 000 Einwohnern, in der wir während unseres Aufenthaltes wohnten, ist zugleich auch Hauptstadt Panamas und erinnert mit der Skyline in Paitilla, einem Stadtteil der Stadt, eher an New York als an alles andere. In wirtschaftlicher Hinsicht ist Panama City eine Weltstadt.[1]

---

[1]   https://de.wikipedia.org/wiki/Panama-Stadt, 29.06.2020

Rundbrief Nr. 1

Liebe Friedmanns!
Panama, 01.06.92

Seit zwei Monaten versuche ich, einen Rundbrief fertigzumachen, und werde immer wieder unterbrochen und immer wieder hat sich die Situation dann veraendert. Als ich am 20.01. mit den Kindern hier ankam, waren wir zwar froh, die Plackerei und Packerei endlich hinter uns gebracht zu haben und endlich wieder als Familie zusammen zu sein, mussten uns jedoch bald mit einem ziemlichen Chaos auseinandersetzen. Das Chaos bestand nicht so sehr darin, dass viele Dinge nahezu gleichzeitig erledigt werden mussten, sondern darin, dass hier wenige Dinge berechenbar sind. Das hat dann u.a. dazu gefuehrt, dass wir einige Tage auf dem Fußboden geschlafen haben (Handtuecher u. Bettwaesche ausgeliehen) kein Geschirr, kein Besteck. Jeden Tag auf die Moebel gewartet. Warten auf Gasanschluss, Telefonanschluss. Alle paar Tage zum Autohaus fahren, irgendeine fuer die Zwischenzeit geliehene Schrottkiste austauschen, immer mit dem Versprechen, das laengst ueberfaellige gekaufte und zum Teil bezahlte Auto kaeme jetzt in drei Tagen. Langsames Herantasten an den Alltag: Was kauft man wo? Was kocht man? Wie bringt man bloß alle Lebensmittel im Kuehlschrank unter? Bloß nichts Essbares laenger als unbedingt noetig offen stehen lassen. So viele Ameisen wie sich in unserer Kueche tummelten, habe ich selten vorher gesehen. So etwas passiert natuerlich nur einer Tropenanfaengerin, aber ich bin nun mal eine.

Es passiert aber auch Folgendes: Vor zwei Tagen, als ich morgens ins Wohnzimmer komme, ist es erfuellt von einem wunderschönen Duft. So riechen doch die Nelken nicht, die dort stehen! Uebers Fruehstueck machen und taeglichen Arbeiten vergesse ich, diesem Duft weiter nachzuforschen. Gestern Abend sitze ich auf der Terrasse, es ist dunkel (19.00 Uhr) da sehe ich ploetzlich an einem Baum in unserem Garten viele kleine weiße Bluetenbueschel leuchten. Am Tag fallen sie kaum auf. Dieser mickrige Baum mit den kleinen Blaettern ist Jasmin! Als hier die Regenzeit anfing, ist er ueber Nacht aufgebluebt. Da im Wohnzimmer an der Seite zur Terrasse nur Eisengitter und Moskitodraht, aber kein Glas ist, zieht dieser herrliche Duft nachts herein und erfuellt den ganzen Raum.

Zurueck zum Anfang: ich hatte manchmal den Eindruck, als wolle gar nichts klappen. Bei den groeßeren Sachen, wie dem Auto, ist man eher darauf eingestellt, dass es Schwierigkeiten geben kann. Aber die Kleinigkeiten! Da hatte ich endlich Hammer und Naegel gefunden und muss feststellen, dass sie nicht in die Waende gehen, weil diese aus Beton sind! Da scheint es doch in ganz Panama keine sueße Sahne zu geben! usw. Da gab es haeufig Anstrengungen, die zu keinem Ergebnis fuehrten. Zusammen mit dem Klima hat mich dies manchmal ganz schoen fertig gemacht.

18

Da die Schule erst 10 Tage spaeter anfing, genossen die Kinder zunaechst den ganzen Tag den Swimmingpool. Aber dann! Unterricht von 7.20 Uhr bis 14.20 Uhr! Lisa mit 3. Samuel mit 2 Pausen. Der gesamte Unterricht in Englisch. außer einer Stunde spanische Sprache pro Tag. Am Nachmittag versuchte ich, so gut es ging, bei den Hausaufgaben zu helfen. Es dauerte allerdings auch einige Zeit, bis mir bestimmte Ablaeufe klar wurden. Die gesamte Information der Schule ist in Englisch, teils mit spanischer Uebersetzung. Nach zwei Wochen waren die Kinder voellig fertig. hatten nachts Alptraeume und wollten nach Deutschland. Allmaehlich stellten sich jedoch erste Erfolge ein. Nach hartem Training in der Schulmannschaft (3 mal pro Woche bis 16.00 Uhr) errang Samuel zwei Bronzemedaillen im Leichtathletikwettkampf, beide Kinder knuepften Kontakte zu Mitschuelern und erzielten ab und zu eine gute Note. Beim Zwischenzeugnis vor Ostern hatten tatsaechlich beide eine Durchschnittsnote von 4 (5 ist die beste Note).

Mit der Zeit hatte sich immer deutlicher herausgestellt, dass unsere Vermieter dabei waren, uns kraeftig zu betruegen und uns aus dem Haus zu ekeln. Wir hatten Stromrechnungen (sehr teuer hier) von November bezahlt und an Samstagen kamen mehrere Leute, um das Haus zu besichtigen, da es verkauft werden sollte. Wir traten die Flucht nach vorn an und suchten nach einem neuen Haus. Und das, als ich gerade mit Hilfe eines Menschen mit Bohrmaschine die meisten Bilder aufgehaengt hatte und die letzte Umzugskiste ausgepackt war! Karneval zogen wir in unser neues Haus ein. Bald zeigt sich, dass wir mit der Wahl unseres neuen Hauses Glueck im Unglueck hatten. Es ist zwar kleiner (ein zusaetzliches Gaeste- und Arbeitszimmer fehlen jetzt) doch ist es besser ausgestattet, der Garten ist schoener und die Vermieter sind sehr nett. Schließlich ist es auch noch billiger. Nun, ja der ganze Umzug hat erst mal wieder einiges an Anstrengung gekostet. Telefon und Strom ab- und anmelden. Alles nicht so einfach. Hier wird direkt der ganze Stromzaehler abgebaut! Aufs Telefon (obwohl wir unsere Nummer mitnehmen konnten) wartet man manchmal Wochen. Uebrigens, Telefonrechnung bezahlen: Als ich die Rechnung in der Bank ueberweisen wollte, sahen sie mich an, als ob ich von einem anderen Stern kaeme. Ueberweisungen scheinen hier unueblich zu sein. Es ging jedenfalls nicht. Rechnungen bezahlt man hier direkt bei der entsprechenden Stelle. Das kann bedeuten, dass man sich erst mal durch dicken Verkehr quaelt, Parkplatz sucht und dann bis zu einer Stunde in der Schlange ansteht. So ist die Hausfrau, auch wenn sie eine der hier ueblichen Haushaltshilfen hat, ausreichend beschaeftigt.

Inzwischen hab ich mich daran gewoehnt, dass hier viele Alltagssachen aufwendiger sind und genieße die Vorzuege meines neuen Berufes, die vor allem darin bestehen, dass ich meine Arbeit selbst organisieren kann und mir Freiraeume schaffen kann zum Fotografieren z.B. oder zum Lesen, Fotoalben fertigmachen, Doppelkopf spielen, Briefe schreiben. Vielleicht schaff ich es demnaechst noch, mich etwas in die spanische Grammatik zu vertiefen. Die Wochenenden sind jetzt wirkliche Wochenenden, ohne Vor- und Nachbereitung und wir koennen gemeinsam etwas unternehmen. All dessen ungeachtet trifft mich natuerlich auch ab und zu das bekannte Hausfrauensyndrom, fuer jeden Mist zustaendig zu sein und von keinem die entsprechende Anerkennung zu bekommen.

Als wir dachten, wir haetten's jetzt gepackt hier, kamen die reinsten Horrormeldungen aus Deutschland bezueglich unseres Kontostandes. Riesige Steuernach- und Vorauszahlungen (die sich nachher doch als geringer herausstellten) Ueberweisungen der Sparkasse nach Panama zum falschen Zeitpunkt, so dass wir hier ploetzlich eine große Summe auf dem Konto hatten, in Duisburg aber ein Riesenloch. Zum Glueck konnte meine Familie mit einem schnellen Kredit Schlimmeres verhindern.

Regenzeit heißt bis jetzt: spaetestens jeden zweiten Tag scheint die Sonne, haeufig ist einen halben Tag strahlender Sonnenschein, dann schuettet es wie aus Eimern, prasselt aufs Dach, dass man manchmal schreien muss, um sich zu verstehen. Vor ein paar Tagen haben die Kinder sich waehrend des Regens in dem "Fluss" gewaelzt, der in unserem Garten entstanden war. Sie haben ein wahres Schlammbad veranstaltet. Zwischendurch haben sie sich unter dem Wasser, das vom Dach herunterstuerzte, "geduscht". Sie genießen es, immer auf der Terrasse, im Garten oder im Schwimmbad spielen zu koennen. Sie bauen sich Haeuser aus Palmblaettern und verfolgen die Ameisenstraßen.

Wenn in diesem Brief viele negative Dinge beschrieben sind, so liegt das an der wirklich nicht einfachen Anfangszeit. Inzwischen gibt es zwar immer noch genug Aergernisse, aber die angenehmen Seiten ueberwiegen bei Weitem.

Wie bereits gesagt, haben wir jetzt kein Gaestezimmer mehr, aber wer sich auf Improvisation einlaesst, ist herzlich willkommen (immer mit rechtzeitiger Voranmeldung, denn die Familie ist groß)

Unsere Postanschrift:

Telefon: 6441780

Nuñez/Trentmann
Apartado 1958
Panama 4
Panama

gleichzeitig auch Fax, deshalb manchmal durchs Telefon blockiert. Am besten zwischen 22 und 8 Uhr (panamaische Zeit) faxen.

Handschriftlich hinzugefügt:

Es hat zwar etwas gedauert, aber hier reißt die Hektik nicht ab. Jetzt hat Pedro einen Finger ausgerenkt und kann nicht Auto fahren. Ich muss mich jetzt beeilen, damit ich noch die Briefe zur Post bringen und danach einkaufen kann. Wir haben hier schon sehr häufig an Euch gedacht, auch die Kinder. Der Abschied am Flughafen war sehr schön, und Ihr habt mal wieder eine Menge dazu beigetragen. Erinnerst Du Dich noch an unseren langen Spaziergang in Holland,

Ursula? Warum haben wir uns nicht häufiger so unterhalten? Jetzt fehlt erst mal für die nächste Zeit die Möglichkeit dazu. Am Flughafen war ich nachher ganz fertig, weil meine Mutter geweint hat. Ich habe sie selten weinen sehen. Durch den Stau vorher war ich sowieso schon nervös. Aber dann im Flugzeug war ich erst mal erleichtert. Dein Medikament hat mir übrigens auch gut geholfen. Ich war gesund, als ich hier ankam. Bis bald Grüße und alles Gute Silvia

Gedankenflut

Meine ersten Gedanken und Gefühle, nachdem ich diesen ersten Rundbrief gelesen hatte, waren zu einem Wort zusammenzufassen: Bestürzung. Ich war traurig. Warum hatte meine Mutter gesagt, dass nur die ersten beiden Wochen hart für uns waren? Dabei war es aufgrund der Unterschiede in all den Jahren immer wieder aufs Neue hart.

Dazu fällt mir ein, wie ich gemobbt wurde und in der vierten Klasse in den Klimaanlagenschrank meiner Klasse von meinen Mitschülern eingesperrt worden bin und wie ich immer wieder mein Pausenbrot auf der Toilette verspeiste, um den Schikanen zu entgehen.

Ich erinnere mich daran, wie mein Bruder Samuel erzählte, dass er mit „Heil Hitler" in der Schule begrüßt wurde, und er dann dem Jungen, der dies zu ihm sagte, ein blaues Auge verpasste. Er musste zum Schuldirektor gehen. Dieser war ihm zum Glück wohlgesonnen und sagte, er könne das blaue Auge verstehen, aber mein Bruder solle in Zukunft lieber zu verbalen Mitteln greifen, um sich zu verteidigen.

Dies sind nur zwei kleine Anekdoten am Rande, die zeigen sollen, dass es für uns Kinder nicht immer so leicht war, mit den anderen Kindern und deren Vorurteilen uns gegenüber umzugehen.

Obwohl wir auf einer internationalen Schule waren und Toleranz hier eigentlich groß geschrieben werden sollte, bildeten sich schnell Cliquen je nach Stand, Herkunft und Durchsetzungsvermögen. Je nachdem, was man in Panama für einen Nachnamen hatte, sei es Serpiente oder Holandés, war man bekannt und blieb unter sich. Die Reichen hatten über ihre Spenden großen Einfluss auf die finanzielle Situation der Privatschule und damit viel Macht.

Ich wunderte mich zudem nach dem ersten Lesen des Briefes, dass meine Mutter sagte, dass wir wieder Zeit als Familie gehabt und die Wochenenden zusammen verbracht hätten. In meiner Erinnerung und in den Erzählungen meiner Mutter heutzutage sieht es anders aus. Mein Vater arbeitete hart. Er hatte kaum Zeit für uns. Familienleben war eher Fehlanzeige.

Manchmal ging er allerdings mit uns am Wochenende ins Kino. Es kostete einen Dollar pro Vorstellung und pro Person. Damals sah ich zum ersten Mal mit meinem Vater und meinem Bruder den Film „Forrest Gump", der später zu meinem Lieblingsfilm avancierte. Ich habe ihn bestimmt schon 30-mal gesehen. Filme in panamaischen Kinos liefen selbstverständlich auf Englisch mit spanischen Untertiteln. Zum Kinobesuch gehörten eine ordentliche Portion salziges Popcorn und viel kalte Luft, die durch die Klimaanlage strömte.

Zu Samuels erster Geburtstagsfeier in Panama kam keines der eingeladenen Kinder. Das machte uns alle sehr traurig.

Wir waren noch zu neu auf der Schule und hatten noch keine echten Kontakte knüpfen können. Zudem hatten wir keine riesige und teure Party geplant, sondern „nur" einen klassisch deutschen Kindergeburtstag zu Hause mit Spielen wie „Topfschlagen".

Ein paar Jahre später, nach erfolgreicher Assimilation in Panama, feierten wir ab und an auch teure Geburtstagspartys und mieteten z. B. eine Diskothek. Das kam gut an.

Meine zuvor erwähnte Tante Bettina, die Stewardess bei der Lufthansa, hat mir eine besonders schöne Erinnerung an meine ersten Wochen in Panama beschert.

Ich kann mich noch an meine erste „Seven Up" bei 7-Eleven bei uns um die Ecke erinnern. Tante Bettina war stets eine exzentrische und aufregende Person für mich, mit der man immer wieder neue und spannende Dinge erleben konnte, wie die erste Limo zu trinken. Sie hatte keine Kinder und man konnte sich immer über Überraschungen wie Yps-Hefte aus dem Flugzeug freuen.

Eine kleine Anekdote aus dem Vorgarten: Als wir eines Nachmittags aus der Schule kamen und aus unserem 4x4-Auto ausstiegen, schrie der Gärtner: „Achtung! Zurück ins Auto!" Vor meinen Füßen auf dem Boden schlängelte sich eine winzig kleine Schlange, die laut Gärtner bei einem Biss tödlich sein konnte. Er verbrannte die Schlange ohne mit der Wimper zu zucken in unserem Vorgarten.

Ich habe die ersten circa zwei Monate in der Schule mit keinem gesprochen. Als ich dann endlich Englisch sprechen konnte, habe ich meinen ersten Satz gesagt, als mein Vater neben mir stand, morgens, als wir uns aufreihen mussten, um in unsere Klasse zu gehen, nämlich: „Don´t cut me!" Auf Deutsch übersetzt so etwas wie: „Drängel dich nicht vor!"

Von da an habe ich fließend Englisch gesprochen - mit meinem Bruder Samuel zu Hause und mit meiner Mutter zunehmend auch. Mit meinem Vater redete ich auf Deutsch oder Spanisch.

Rundbrief Nr. 2

März ´93

Ihr Lieben!

… in dem ich einige Bereiche des taeglichen Lebens naeher beschreiben werde,

wobei die Besonderheiten des hiesigen Straßenverkehres den breitesten Raum einnehmen, aus gutem Grund, wie man bald sehen wird

Straßenverkehr

In den ersten Tagen war ich entsetzt. Hier wuerde ich niemals mit dem Auto fahren! Schon gar nicht mit dem etwas groesseren Modell, das Pedro gekauft hatte. Die Mindestbestandteile eines Autos scheinen hier 4 Raeder, 1 Motor, irgendein Gestell, 1 Fahrersitz und eine Hupe zu sein. Bei manchen Karosserien fragt man sich, wodurch sie eigentlich zusammengehalten werden. Als wir einmal in ein Taxi einsteigen wollten, ging die Tuer erst auf, als der Fahrer ausstieg und einige Tricks anwandte. Daher hatten wir dann den Griff in der Hand, als wir aussteigen wollten.
Waehrend dieses Erlebnis noch Erinnerungen an einen meiner R 4´s wach werden ließ, wurde Autofahren bei Nacht zu einem ganz neuen Ereignis. Viele LKW´s und Busse fahren ohne Ruecklicht. Einige Autos fahren ganz

ohne Licht. Dafuer haben dann andere das Fernlicht eingeschaltet, oder das Licht ist zu hoch eingestellt.

Manchmal funktioniert das Bremslicht nicht. Das wirkt sich allerdings auch waehrend des Tages recht unangenehm aus, ebenso wie die Tatsache, dass es offensichtlich keine allgemein gueltige Auffassung darueber gibt, ob, und wenn ja, wann, man blinken sollte.

Oft sind jedoch gerade die entsprechenden Stellen am Auto so eingedrueckt oder einfach abrasiert, dass sich das Problem fuer den Fahrer eruebrigt.

Nachdem ich jetzt genug ueber den Zustand der Autos gelaestert habe, muss ich, um kein falsches Bild zu vermitteln, hinzufuegen, dass es auch eine große Anzahl von teuren Autos gibt.

Gerade als mir die Kritik am oertlichen Verkehrswesen doch als etwas zu hart erschien, las ich in der hiesigen Presse einige Artikel zu diesem Thema.

Anlass ist die geplante Reform der Straßenverkehrsordnung, deren jetzige Fassung auf die 30 er Jahre zurueckzufuehren sein soll.

Ein Artikel beginnt mit dem Satz: "Die einfachen Dinge verkomplizieren sich unnoetigerweise". Diese Aussage laesst sich, wie bereits im ersten Brief angesprochen, auf das gesamte Alltagsleben uebertragen.

Hier bezieht sie sich auf die Schwierigkeit, ohne Auto zur Arbeit und wieder zurueckzugelangen. Dabei schneiden weder Bus noch Taxi zufriedenstellend ab.

Fuer den Autor scheidet der Bus von vorneherein aus, ausgenommen an Tagen, an denen ihm das Geld ausgeht.

Er meint, die Benutzung dieses Verkehrsmittels erspare ihm eine Reihe von Schaeden an seinem Herzen, seinem Muskel- und Knochensystem und an seinen Ohren. Bei Letzterem bezieht er sich auf die extrem laute Discomusik, die haeufig vom Fahrer! gespielt wird.

Ich bin aus aehnlichen Gruenden noch nicht mit dem Bus gefahren, wobei ich zusaetzlich noch befuerchte, dass man in dem Gedraenge leicht begrapscht wird.

Als Autofahrer muss man sich stets vor Bussen hueten. Wenn sie irgendwohin fahren oder irgendwo anhalten wollen, dann tun sie das auch. Das heißt, sie wechseln die Fahrbahn ohne zu blinken, meist mit hoher Geschwindigkeit, sie draengen andere Autos von der Fahrbahn, sie bremsen unvermittelt, wenn sie einen Fahrgast erspaehen, fahren aber genauso urploetzlich wieder an, um auf die Jagd nach neuen Fahrgaesten zu gehen. Dabei fahren 5 oder 6 Busse hintereinander, die sich dann bis zur naechsten Ampel immer wieder gegenseitig ueberholen.

In dem Zeitungsartikel wird von Taxen behauptet, dass zu Stoßzeiten kaum eins zu bekommen ist, wenn doch, so faehrt der Fahrer davon, wenn ihm das Ziel nicht passt, hat man dennoch Glueck, so darf man sich zu einigen Mitfahrern gesellen, deren Strecken man dann auch noch mit abfaehrt, und das alles zum selben Preis wie fuer eine Einzelfahrt.

Der Autor weist auch auf die Ueberfluessigkeit des Pseudo-Mini-TueV´s hin, bei dem man sich nach einer technischen Kontrolle jedes Jahr ein neues Nummernschild erwirbt. Seltsamerweise hatten die klapprigsten Autos schon im Januar ihre neuen Schilder. Aus einem anderen Artikel erfuhr ich, dass Eltern fuer ihre Kinder (also unter 18 J) einen Fuehrerschein beantragen koennen, wenn sie die Verantwortung uebernehmen.

Morgens und nachmittags werden einige Hauptverkehrsstraßen zu vierspurigen Einbahnstraßen, morgens stadteinwaerts, nachmittags stadtauswaerts. Sonst ist dort Gegenverkehr.

Dies fuehrt dazu, dass man hoellisch aufpassen muss, zu welcher Zeit man in die betreffenden Straßen einbiegt und dass sich zu bestimmten Zeiten Nebenstraßen zu befahrenen Schleichwegen entwickeln.

Die Umstellung des Verkehrs klappt jeweils hervorragend. An allen Kreuzungen stehen Verkehrspolizisten mit Sprechfunkgeraeten, die dann abschnittsweise umleiten.

Auch sonst regeln haeufig Polizisten den Verkehr. Manche fuehren dabei regelrechte Ballettkunststuecke vor, so laufen sie hin und her, gehen in die Knie, klatschen in die Haende, gestikulieren wild mit den Armen. Da kommen einem unsere Ordnungshueter wie die reinsten Pappkameraden vor. Falls es einigen wartenden Autofahrern in der Schlange zu lang dauert, fangen sie einfach an zu hupen. Sofort finden sich eifrige Mithuper und der Laerm wird unertraeglich. Das haelt dann auch der Polizist nicht lange aus und gibt die Straße frei.

In den ersten Tagen bin ich immer furchtbar zusammengezuckt, als ich zu Fuß gegangen bin und es vor, hinter, neben mir (fast moechte ich auch noch unter und ueber mir sagen) staendig gehupt hat.

Inzwischen habe ich mir sowohl das Zufußgehen, als auch das Zusammenzucken abgewoehnt. Fussgaenger sind im

Straßenverkehr offensichtlich nicht vorgesehen. Es gibt keine einzige Fussgaengerampel. Mal endet ein Buergersteig, so vorhanden, vor einer Mauer, ein anderes Mal in einem Graben. Gelegentliche Zebrastreifen, so etwa vor einem Krankenhaus, scheinen nicht mehr als ein Hinweis fuer den Fussgaenger zu sein, hier doch mal sein Glueck zu versuchen. Hier wird einem schnell klar, wie ueberfluessig unser deutscher Schilderwald ist. Man hat immer Vorfahrt, solange kein Stoppschild erscheint, tut jedoch gut daran, sich immer mit einer gewissen Vorsicht groeßeren oder stark befahrenen Straßen zu naehern.

Da man ja bekanntlich nur schwierig eine vierspurige Straße ueberqueren kann, hat sich natuerlich so eine Art Gewohnheitsrecht an bestimmten Strecken herausgebildet.

Da schiebt sich dann einfach ein Auto aus der Nebenstraße auf die erste Spur und der Vorfahrtsverkehr ist gezwungen, auszuweichen oder zu bremsen. Dann geht's weiter auf die naechste Spur, bis die Straße ueberquert ist.

Dies geschieht unter fuerchterlichem Hupen und Beschimpfungen, aber jeder macht es in ähnlicher Situation genauso. Man muss sich dazu vergegenwaertigen, dass natuerlich die weiteren in der Nebenstraße wartenden Fahrzeuge sofort die Situation ausnutzen und sich an die Stoßstange des Vordermannes haengen, so dass manchmal die Straße auf breiter Front gesperrt ist. Knifflig wird es dann, wenn von der Gegenseite genauso verfahren wird und noch Autos links abbiegen wollen. Dann geht es manchmal nicht mehr vor und nicht mehr zurueck und da beginnt man sich ploetzlich zu verstaendigen und sich zentimeterweise herauszuarbeiten.

Angenehm an dieser Gewohnheit ist, dass man auch aus einer Nebenstraße nach links in eine Hauptstraße einbiegen kann, da derjenige, der nach links in die eigene Straße einbiegen moechte, einem den Weg freihaelt.

Des Weiteren erweist sich hier die Regelung, dass man jederzeit bei freier Straße nach rechts abbiegen kann, als sehr sinnvoll. Bleibt noch anzumerken, dass ich mich inzwischen der Herausforderung des Straßenverkehrs gestellt habe, da man hier alles mit dem Auto erledigen muss. Außerdem habe ich festgestellt, dass es im Auto immer noch sicherer ist, als zu Fuß eine Straße zu ueberqueren.

Andere Laender, andere Sitten

Am zweiten Tag, an dem wir hier waren, gingen wir in ein Geschaeft, um Besteck zu kaufen. Ich traute meinen Ohren nicht, als ich die Verkaeuferin Pedro mit "Mi Amor" anreden hoerte. Pedro lacht nur und prophezeite mir, ich wuerde noch ganz andere Dinge hoeren. Inzwischen bin ich ebenfalls mit "meine Liebe", aber auch mit "meine Koenigin", "mein Himmel", "mein Herz", und mit "Mamita" angeredet worden.

Letzteres ist zwar die Verkleinerung von "Mutter", ich glaube aber nicht, dass man es mit "Muetterchen" oder "Muttilein" uebersetzen koennte. Es wird hier naemlich auch haeufig als Anrede fuer Kinder! benutzt. Es hat mich ziemlich verwirrt, als ich zum ersten Mal eine Mutter immer "Papi" zu ihrem einjaehrigen Sohn sagen hoerte.

"Aha?" bedeutet so viel wie "ja", "como no?" (woertlich: wie nicht oder warum nicht?) ebenfalls "ja" oder "selbstverstaendlich". Das habe ich zuerst immer als leichten Vorwurf verstanden, so dass ich mich dann gefragt habe, was denn wohl so bloed an meiner Frage gewesen ist.

Selten sagt ein Panameño oder eine Panameña, dass sie etwas nicht wissen oder etwas nicht koennen. Unserer Einschaetzung nach beruht dies nicht so sehr auf ihrer Eitelkeit, wie auf dem ehrlichen Wunsch, dem anderen behilflich zu sein. Sucht man eine Straße oder ein Gebaeude, wird man immer in irgend eine Richtung geschickt, fragt man in einem Geschaeft nach einem Artikel, wird man immer, sofern er dort nicht vorhanden ist, auf ein anderes verwiesen.

Unangenehm kann es werden, wenn Leute angeblich dieses oder jenes reparieren koennen. Da murksen sie dann an einer Sache herum und man kann froh sein, wenn es zum Schluss nicht schlimmer ist als zuvor. Manchmal gelingt die Reparatur jedoch auch und einem wird bewusst, dass man mit allgemeinen Urteilen sehr vorsichtig sein muss.

Die Menschen sagen leichter mal ein freundliches Wort zu einem, als es in Deutschland der Fall ist. Ich wusste ziemlich bald, dass die Kassiererin in der Bank 3 Kinder hat und eine Verletzung am Arm auskuriert, dass eine andere Kassiererin im Supermarkt einen greisen Verehrer hat, der nur an ihrer Kasse einkauft, und aehnliches mehr. In den Geschaeften fragen die Verkaeuferinnen nach den Kindern und das nicht, weil sie mehr verkaufen wollen, sondern weil es sie wirklich interessiert.

Vieles ist hier durch Alarmanlagen gesichert, z.Bsp. auch unser Haus und das Auto. Das Ertoenen irgendeiner Anlage, sei es von einem Haus oder, was haeufiger der Fall ist, von einem Privatauto, der Polizei oder einer Ambulanz, gehoert gemeinsam mit den Hupkonzerten zur staendigen Geraeuschkulisse Panamas.

Einige Autoalarmanlagen gehen jedes Mal bei Gewitter los (Gewitter gibt es waehrend der Regenzeit, also 8 Monate im Jahr, taeglich). Pedro ist schon einmal im Schlafanzug nachts um 1 Uhr zu dem benachbarten Hochhaus hinueber-gegangen, um den Besitzer eines Autos zu veranlassen, dessen Alarmanlage abzustellen. Die Anlage war defekt und stellte sich immer wieder automatisch an, und der Besitzer stellte sie dann regelmaeßig vom Balkon aus mit der Fernbedienung wieder ab.

Erst nach einer halben Stunde, als Pedro ihn darauf auf-merksam gemacht hatte, kam er runter und stellte die Anlage am Auto ganz ab. Uns hatte gewundert, dass sich keiner aus dem Haus ueber die naechtliche Ruhestoerung beschwert hat. Die Schmerzgrenze fuer Laerm scheint hier erheblich hoeher zu sein.

Eines Nachts ging die Alarmanlage in unserem Haus an. Pedro kontrollierte die Tueren, ging durch alle Zimmer, nichts. Er rief die Firma an, die die Alarmanlage wartet. Sie meinten, sie seien nicht zustaendig. Nach einem wieder-holten Rundgang entschloss er sich, die Polizei anzurufen. Er schilderte die Situation und bekam die Auskunft, dass, sobald eine Streife frei sei, sie vorbeikommen werde. Er wartete noch eine halbe Stunde, dann loeschte er das Licht und schlief, wenn auch etwas beunruhigt, ein.

Der Alarm wurde uebrigens ausgeloest, weil eine Maus ein Kabel durchgebissen hatte. Obwohl hier zweimal im Monat ein Ungezieferspezialist Haus und Garten kontrolliert und jede Menge Gift spritzt, hatten wir eine ganze Maeusefamilie hier, die sich in den Zwischendecken tummelte. Einige Tage spaeter sahen wir dann zwei kleine und eine große Maus gemuetlich ueber die Plastikplatten in unserer Kuechendecke spazieren, vielmehr sagte Lisa ploetzlich: "Guck mal, da oben!". Das war schon ein seltsames Erlebnis.

Andere ungeladene Hausbewohner sind, außer Spinnen und Motten, Kuechenschaben, Geckos und Fledermaeuse. Letztere fliegen allerdings nur durch den Garten und ueber die Terrasse.

Dafuer werden wir aber auch jeden Morgen durch wunderschoenen Vogelgesang geweckt. Im Garten habe ich schon Kolibris und am Himmel Papagei Schwaerme gesehen.

An Pedros Arbeitsstelle tauchen gelegentlich Schlangen oder Krokodile auf. Am Strand haben wir einige Male Leguane beobachten koennen. Der Baum in unserem Garten, dessen Blueten so wunderbar gerochen haben, ist uebrigens kein Jasmin, sondern Myrre.

Ich koennte noch lange weitererzaehlen, aber die Briefe muessen jetzt endlich raus und die Natur bildet einen schoenen Abschluss.

Gerade, 19 Uhr, erfahre ich, dass morgen Gedenktag ist, weil ein ehemaliger Praesident gestorben ist. Die Kinder haben schulfrei und es soll alles geschlossen bleiben. Jetzt ist mir auch klar, warum heute Nachmittag so ein Wahnsinnsverkehr herrschte. Die Nachricht ist wohl schon ab heute Mittag durchgesickert.

Gut, dass ich heute (Montag) schon eingekauft habe.

Fuer alle, die es noch nicht erfahren haben, weise ich hier nochmal auf die Moeglichkeit hin, uns ueber die Botschaft zu schreiben. Das ist sicherer, schneller und von Deutschland aus preiswerter, da nur Inlandsporto noetig ist.

Trentmann/Nuñez
C/O Deutsche Botschaft Panama
Postfach 1508
53752 Bonn

Uebrigens geht gerade wieder der Autoalarm beim Nachbarn an.

Handschriftlich hinzugefügt:
Vielen Dank für das tolle Paket, das Jürgen uns von Euch mitgebracht hat. Die Eier waren eine tolle Überraschung. Ich hab sie ganz vorsichtig rausgenommen, da merkte ich, dass sie aus Gummi waren. Das Blatt von Sylvester zeigt uns, dass ihr doch ab und zu an uns gedacht habt. Wenn man so weit weg ist und so lange nichts hört, kommt man sich schon etwas verlassen, vergessen vor. Die Reaktion auf meine ersten über 30 Rundbriefe war erst mal gar keine. Nach einiger Zeit kamen dann aber doch die Antworten. Umso mehr haben wir uns jetzt über Eure Überraschung gefreut. Nochmals vielen Dank,
wir umarmen Euch Silvia + Anhang (Die anderen sind gerade beschäftigt)

Einsamkeit

Mein Vater kam spät nach Hause. Er hatte oft geschäftliche Treffen nach der Arbeit und war am Wochenende zu erschöpft, um mit uns zu spielen. Die zuvor erwähnten Kinobesuche bildeten hier eine Ausnahme. Dann haben wir uns immer sehr gefreut und die Zeit mit ihm auf dem Hin- und Rückweg voll und ganz ausgekostet und ihn in Gespräche verwickelt, die sonst leider zu kurz kamen.

Meine Mutter hatte in ihrem Alltag keinen Gesprächspartner auf Augenhöhe, um sich auszutauschen. Es gab nur uns Kinder. Ansonsten war sie abgeschottet von der Außenwelt und von ihrer Welt in Deutschland. Sie hatte zwar ein paar Doppelkopf-Bekannte, mit denen sie ab und zu spielte, es waren jedoch keine echten Freundschaften. Diese Treffen dienten eher dem Austausch von Klatsch.

Zur Zeit des zweiten Rundbriefes hatte ich übrigens sehr wahrscheinlich Malaria, was wir erst später in Deutschland bei einer Untersuchung im Tropeninstitut in Düsseldorf erfuhren. Ich habe jede Nacht gebrochen, fast jede Nacht ins Bett gepinkelt und eine Zeit lang alle zwei Stunden Medikamente eingeflößt bekommen (auch nachts), weil ich über Monate hinweg unter Durchfall und Erbrechen litt.

Malaria halt - was wir zu dem Zeitpunkt leider nicht wussten. Ach so, das Einnässen ist logischerweise keine Folge von Malaria, sondern von Anpassungsproblemen im psychosozialen Umfeld, wie man so schön sagt, und anderen Dingen, die übersehen wurden in der Hektik des Alltags.

Die Folgen von Malaria gingen bei mir weit über die eigentliche Erkrankung hinaus. So habe ich nie richtig rechnen gelernt, da ich, während das Einmaleins beigebracht wurde, mehrere Wochen in der Schule gefehlt habe. Ich habe es nie geschafft, das nachzuholen.

Verpasst habe ich nicht nur wichtigen Unterrichtsstoff, sondern auch den Anschluss an die anderen Kinder. Bei meiner Rückkehr in die Schule habe ich nicht an die vorher entstandenen Bekanntschaften anknüpfen können.

Aber auch andere Dinge passierten:

Ich bekam mein erstes Pocahontas-Stickeralbum von meiner Mutter geschenkt und war hin und weg. Von da an habe ich fleißig mit Nachbarskindern Sticker getauscht. Zudem spielte ich mit einer kanadischen Nachbarin in meinem Alter mit meinen Kuscheltieren bei uns im achten Stock mit Blick aufs „Kacka Meer" Zirkus. Wir hatten reichlich Fantasie und viel Spaß dabei.

„Kacka Meer" beschreibt den Zustand des Meeres, da es in Panama zu dieser Zeit noch kein Kläranlagesystem gab und alles ungefiltert von der Toilette ins Meer gespült wurde. Das roch man auch.

Mein Vater war schon bald jeden Tag in der Zeitung und im Fernsehen zu sehen. So bekamen wir ihn mal zu Gesicht. Zu Hause in echt und in Farbe und zum Anfassen gab es ihn eher selten. Er kam montags bis freitags oft erst nach Hause, wenn wir schon im Bett lagen oder schon im Schlafanzug auf dem Weg ins Bett noch von meiner Mutter etwas vorgelesen bekamen.

Meiner Mutter fehlte die Wärme aus Deutschland. Hört sich komisch an, weil Panama ein so warmes Land ist und Deutschland im Vergleich als eher kalt gilt. Gemeint sind menschliche Wärme und tiefe Freundschaften, denn im Gegensatz zu den Deutschen pflegten die Panamaer, die wir kennen lernten, eher oberflächliche Bekanntschaften.

Natürlich gab es auch hier Ausnahmen. Mein Vater hatte einen Angestellten als sehr guten Freund gewinnen können, der in San Miguelito mit seiner Familie wohnte. San Miguelito war ein Armenviertel am Rande von Panama City. Dort wurden wir zu einer Party mit Reggaeton-Musik eingeladen. Wir hatten sehr viel Spaß, bis wir Schüsse ein paar Straßen weiter hörten. Wir sahen zu, dass wir kurze Zeit später mit verriegelten Türen im Auto zurück nach Coco del Mar, unserem Viertel, fuhren.

Die Panamaer sind aber auch für ihre positive Lebenseinstellung bekannt, welche sich oft in Tanz und Musik ausdrückt - auch im Alltag im Straßenverkehr während der Arbeit. Es gab zum Beispiel einen Verkehrspolizisten, über den wir uns alle immer besonders amüsierten. Er schrie, tanzte und pfiff zu den Handzeichen, um den Verkehr zu dirigieren. Immer wenn wir ihn an einer Straßenkreuzung entdeckten, kam Freude auf.

Apropos Straßenkreuzungen und Verkehr. Es gab keinerlei Fußgänger- oder Fahrradwege. Es war zudem sehr gefährlich auf den Straßen, wenn man nicht gerade in einem abgeschlossenen Auto saß. Wir wurden deshalb nach der Schule zu Klavier-, Tennis-, Gymnastik- und Aikido-Stunden gefahren. Meine restliche Zeit des Tages verbrachte ich im hauseigenen Schwimmbad.

Ein Luxus, der in Panama zum Standard der gehobenen Schicht gehörte, jedoch für mich bis heute eines der schönsten Dinge Panamas ist.

Freischwimmen

Das Wasser war immer mein Element. Das Schwimmen und Spielen nicht im Meer, sondern im Swimmingpool unserer Häuser und Apartments, in denen wir nacheinander wohnten, habe ich geliebt. Sobald ich aus der Schule kam, habe ich meine Schuluniform auf den Boden geworfen und bin in meinen Badeanzug gestiegen.

Badeanzug statt Badehose - meine Mutter hat es erst nach einer Weile verstanden. In Panama tragen auch die Mädchen, die noch keine Brüste haben, einen Badeanzug statt einer Badehose. Ich musste einiges an Scham ertragen, da ich zum Schwimmen gegen meinen Wunsch in eine Badehose gesteckt wurde. Meine Mutter empfand es als lächerlich und unpraktisch, einer Sechsjährigen einen Badeanzug anzuziehen. Zuvor im Urlaub in Italien war es selbstverständlich, eine Badehose zu tragen. Für alle Kinder in meinem Alter in unserem Freundeskreis in Deutschland war es normal. In Panama wurde ich von meinen Mitschülern ausgelacht und es wurde tatsächlich mit dem Finger auf mich und meine entblößten, aber nicht vorhandenen Brüste gezeigt.

Nachdem ich endlich den Badeanzug in Schwarz mit Blümchen und Rüschen hatte, fühlte ich mich pudelwohl im Wasser. Ich bin direkt von der Schule gekommen, ins Wasser gesprungen und war im Pool, bis meine Haut an den Fingern und Zehen ganz schrumpelig war. Ich war jeden Tag stundenlang im Pool, bis es dunkel wurde und die Fledermäuse über das Wasser glitten, um Wasser zu trinken. Ich habe mich immer gefragt, warum sie das so stark gechlorte Wasser anscheinend mochten. Wahrscheinlich war es besser als das von Abwässern verschmutzte Wasser des Meeres vor uns. Dieses war braun und stank bestialisch. Vielleicht ist dann Chlor doch die bessere Alternative zu verdrecktem Salzwasser?

Die Mädchen unseres Hochhauses mit blonden Haaren hatten übrigens alle Haare mit einem leichten Grünstich vom Chlor aus dem Pool.

Einmal am Pool passierte Folgendes: Ich drehe und drehe mich im Kreis, bis mir schwindelig wird, und nehme mit

Augen zu Anlauf. Ich springe hoch und komme mit den Knien nicht auf der Wasseroberfläche auf, so wie erwartet, sondern auf den Betonplatten, die den Swimmingpool umranden. Autsch. Das tat richtig weh. Ich konnte tagelang nur unter Schmerzen laufen und hatte richtig geschwollene Knie. Ein halbes Jahr später spürte ich immer noch Schmerzen in den Kniescheiben. Wir gingen damit aber nie zum Arzt, komischerweise.

Sonst war der Pool für mich aber ein Ort der Unbeschwertheit. Ich hatte dort enormen Spaß und verbrachte in ihm – wenn man die Schule außen vor lässt - wahrscheinlich die meiste Zeit in Panama.

P.E.

P.E. - Abkürzung für Physical Education - (Sportunterricht in der Schule) hat mir aus verschiedenen Gründen besonders gut gefallen:

Unser Sportlehrer hat immer wieder zur allgemeinen Belustigung beigetragen, da er auf der Nase fast jeden Tag in einer anderen Farbe einen Sonnenschutz aus Plastik trug, der an der Sonnenbrille am Mittelsteg festgeklemmt wurde. Es erinnerte mich an die Nase der „Duck Tales".

Gatorade (eine Art Limonade) gab es in großen Kanistern mit Abfüllvorrichtung und Bechern daneben kostenlos auf dem Track and Field Platz (Sportplatz) für alle Schüler. Da haben wir uns immer wieder gerne dran bedient in der brüllenden Hitze.

Auf dem Platz haben wir auch ab und zu im Unterricht American Football gespielt. Ich war sehr gut darin und hatte sehr viel Spaß beim Ausweichen und beim „Tacklen". Ich habe mehrere Bälle über die Endlinie bringen und so für meine Mannschaft Punkte sammeln können.

Russische Klavierlehrerin

Das Klischee stimmte in diesem Fall. Meine russische Klavierlehrerin war sehr streng. Sie drillte mich eher zum Klavierspielen, als dass sie mir die Freude am Musizieren näherbrachte. Das Ergebnis war, dass ich vor lauter Angst vor ihr zwar ziemlich gut Klavier spielen konnte, aber keine Lust mehr dazu hatte. Ich hatte nach und nach meine Lust am Spielen verloren. Ich konnte nie die Noten lesen, habe alle Stücke auswendig gelernt und sogar im Nationaltheater Panamas einen vierhändigen Auftritt mit meiner Klavierlehrerin zusammen gehabt. Das war alles dank viel Disziplin und Strenge der Fall. Nur der Spaß fehlte immer mehr. Ich warf irgendwann das Handtuch - sehr zur Enttäuschung meiner Mutter.

Denn ich hatte keine Lust mehr, Schläge auf die Finger zu bekommen, wenn ich einen falschen Ton spielte. Das war mir dann doch eine Nummer zu viel und ich hatte wirklich Angst vor dieser Frau und ihrer Härte.

Konsequent warf ich alle meine Noten weg, nachdem ich die Klavierstunden durch meine Mutter absagen ließ. Nun spiele ich nur noch ab und an „freestyle" Klavier, ohne Noten, nur nach Gefühl.

Tennis

Als wir in Coco del Mar im zweiten und achten Stock eines Hochhauses wohnten- also nacheinander, versteht sich -, spielten wir zunächst im Marriott-Hotel und dann später im umgewandelten Caeser Park Tennis.

Meine Mutter, mein Bruder und ich hatten jeweils Privatstunden bei Rudolfo. Rudolfo entsprach dem Klischee eines Tennislehrers - gutaussehend, frech und willig. Viele Frauen flirteten mit ihm und bestimmt passierte so manches Mal auch mehr. Das alles bei brüllender Hitze. Ich war dafür noch zu jung.

Jedes Mal gegen elf/ zwölf Uhr in der Mittagssonne am Wochenende - samstags oder sonntags - packte ich mein Equipment aus: einen fluoreszierend türkis-rosanen Tennisschläger und ein weißes Tennisoutfit inklusive Röckchen und Schweißband.

Wir hatten Einzelunterricht für eine Stunde die Woche. Ich sollte den Aufschlag üben und hatte einen Korb mit Tennisbällen zur Verfügung, was sehr verführerisch klingt: Bälle wegzuschmettern mit einem Tennisschläger.

Der Haken bei der Sache war, dass man, nachdem man die Bälle aus dem Korb fertig geworfen hatte, selbst jeden einzelnen Ball aufheben musste. Das dauerte so lange, dass ich irgendwann die Lust am Tennisspielen verlor und auch dies aufgab. Leider!

Gymnastik

Gymnastik fand ich toll. Da hatte meine Mutter mich angemeldet, als wir gerade in Panama ankamen und in Marbella - in unserem ersten Haus in Panama - wohnten. Marbella liegt nahe Paitilla und ist ein eher ruhigeres Wohnviertel im Gegensatz zu Paitilla, welches mit Hochhäusern à la New York gespickt ist. Gymnastik am Boden, am Barren und auf dem Trampolin habe ich gemacht. Bis ich so gut war, weil es mir so viel Spaß machte zu turnen, dass ich aufhörte.

„Warum gerade dann?", mag man sich fragen.

Weil die Wettkämpfe anfingen. An diesen teilzunehmen, konnte ich mir nicht vorstellen, da ich nicht mit den anderen um irgendwelche Medaillen und Plätze konkurrieren, sondern einfach Spaß haben wollte. Ich war noch nie vom Ehrgeiz getrieben, wenn es um Wettkampf und kompetitive Dinge ging.

Aikido

Aikido war nicht so meins. So klischeehaft es klingt, es war mir zu ernst und jungenhaft. Jedenfalls erinnere ich mich noch daran, dass ich das gedacht habe.

Ich war zutiefst beeindruckt davon, dass ich mit wenigen Bewegungen und ein paar Armtechniken einen erwachsenen Mann auf den Boden werfen konnte. Ebenfalls cool fand ich die weißen Anzüge, die man beim Aikido trägt. Außerdem sehr elegant war die schwarze weite Hose, die die Lehrer und einige Schüler trugen. Das hat mir sehr imponiert, wie die Lehrer sich bewegen konnten - mit einer Grazie, die ich bewunderte.

Jedoch war ich im Aikido um einige Stufen schlechter als die Schüler, die schon etwas länger dabei waren, und hatte keine Motivation, das alles zu lernen. Mir fehlten Geduld und Grazie für diesen Sport. Also hörte ich ein halbes Jahr nach der Anmeldung auch damit wieder auf.

Soweit ich mich erinnern kann, blieb mein Bruder ein wenig länger dabei und hatte sogar die besagte schwarze elegante Hose irgendwann an.

Man würde meinen, ich hätte bei all diesen Aktivitäten viele Freundinnen gefunden, aber dem war leider nicht so. Ich habe entweder Einzelunterricht bekommen oder bin immer nur direkt zum Sport, habe für mich mein Programm durchgezogen und bin dann sofort wieder „abgezischt".

Zu dieser Zeit wohnten wir in einem Haus mit großem Garten in Obarrio. Mein in Deutschland lebender, volljähriger Halbbruder Juan hat sich bei einem Besuch bei uns in Panama sehr gut mit dem Wächter von nebenan angefreundet und mit ihm den gesamten hochprozentigen Vorrat meiner Eltern ausgetrunken. Ein paar Flaschen waren es auf jeden Fall.

Krokodile

Nicht nur mein Vater hatte Besuch von Krokodilen auf der Arbeit, Samuel und ich in der Schule auch.

Unsere Schule lag an einem Golfclub mit Teichen und Sümpfen, in denen sich die Krokodile anscheinend wohlfühlten. An einem Tag hatte sich ein Krokodil dazu entschlossen, über unseren großen Sportplatz zu schlendern.

Ein Gärtner hat ihn dann mit einem Lasso eingefangen und an der Seite des Sportplatzes mit etwas Abstand zum Krokodil für alle Schulklassen nacheinander präsentiert. Ich war in der vierten Klasse, als ich in der brüllenden Mittagshitze zum Krokodilbestaunen gemeinsam mit meinen Klassenkameraden zitiert wurde. Es war wirklich spannend, ein Krokodil aus der Nähe zu bestaunen, aber auch gefährlich, denn es war nur wie ein Hund, mit dem man Gassi geht, an einem dicken Seil gesichert und wurde einzig vom Gärtner

gehalten. Theoretisch hätte es jederzeit auf uns Kinder losgehen können.

So dachte ich jedenfalls in dieser Situation und war froh, als
wir wieder in der Klasse waren und das Krokodil an der
Leine zurück zum Golfplatz geführt wurde. Zum Glück ist
nichts passiert.

Lamellenfenster

Wir hatten Lamellenfenster in all unseren gemieteten Häusern und Wohnungen. Zumindest glaube ich, dass diese
Fenster so heißen. Das sind Glaslamellen, die eingefasst
sind in Metallscharniere, die wiederum an einem Zug-
system festgemacht sind, so dass sie mit einer Kurbel auf
und zu zudrehen sind, in dem passenden Winkel für entweder Durchzug oder Schotten dicht. Warum schreibe ich
gerade über diese Fenster?

Ich musste mich letztens daran zurückerinnern, wie ich an
diesen Kurbeln drehte, als eine riesige Wolke bestehend aus
Ungeziefer - ich weiß nicht genau, was das für fliegende
Tiere waren - auf unser Apartment im achten Stock
zusteuerte. Es war unglaublich. Dieser Schwarm kam jedes
Jahr wieder.

Diese „Viecher" kamen durch die Glaslamellen gekrabbelt
und durch die Fliegengitter, die an jedem Fenster ange-
bracht waren. Wir haben die Fliegengitter an den Rändern
mit Ducktape bzw. Panzerband, das mein Bruder beim

Skaten verwendete, abgeklebt und trotzdem bahnten sie sich irgendwie einen Weg hindurch.

Mein Bruder hatte an seinem Zimmer einen kleinen Balkon, der Richtung Meer ging, von wo der Schwarm angeflogen kam. Dort befestigten wir Fallen aus Panzertape für die „Viecher" - am Rande der Balkontür und auf dem Boden auf der Innenseite der Balkontür.

Es half nur bedingt.

Wir verbrachten bestimmt eine Stunde auf dem Boden und guckten uns voller Erstaunen bei gleichzeitigem Ekel diese fliegenden Wesen an. Wir bewunderten ihre Widerstandsfähigkeit. „Wie die Kakerlaken", merkten wir an, „aber kleiner und anders."

Rundbrief Nr. 3

Panamá, November ´93

kurz und per Hand,
damit er bis Weihnachten ankommt

Liebe Friedmanns!

Dass wir uns nach unserem „Heimaturlaub" so lange nicht gemeldet haben, hat mehrere Gründe, soll aber bitte nicht als Zeichen der Undankbarkeit aufgefasst werden. Bei allen, die uns so herzlich empfangen haben, möchten wir uns deshalb nochmals ausdrücklich für die erwiesene Gastfreundschaft bedanken.

Die Wärme, mit der wir aufgenommen wurden, hat uns gutgetan. Es war wirklich so, dass wir in Wohnungen gekommen sind, wo wir das Gefühl hatten, wir seien vor einer Woche erst aus derselben weggegangen.

Diese erste Reise, bei der wir Urlaub in unserem ehemaligen Alltag zu machen versuchten, war jedoch für uns (für unsere Gastgeber wahrscheinlich auch) sehr anstrengend. Die Interessen von vier Personen mussten unter einen Hut gebracht werden, es gab viel zu erledigen und immer drängte die Zeit. Unser Terminkalender war randvoll. Vielleicht gelingt es uns ja im nächsten Jahr, uns irgendwie anders zu organisieren. Dann werden wir uns auch besser vor Erkältungen schützen, auch wenn wir im (deutschen) Sommer kommen.

In weiser Voraussicht hatten wir auf dem Rückflug nach Panamá einen Zwischenstopp in Curacao von 4 Tagen eingeplant, in denen wir richtig ausspannen konnten. Zu Hause (in Panamá) angekommen, gings direkt wieder voll los. Pedro war jetzt allein für das Projekt zuständig und hatte (und hat bis heute noch) entsprechend viel Arbeit. Als dann das vollkommen verschimmelte Auto gereinigt, der Kühlschrank wieder aufgefüllt, die Wäsche gewaschen, aufgelaufene Rechnungen bezahlt waren, erfuhren wir, dass unsere Vermieter vorhatten, das Haus (oder vielmehr das Grundstück) zu verkaufen. Sie hätten uns zwar so lange wohnen lassen, wie wir es gewollt hätten, aber jetzt wurde uns klar, warum nichts mehr ordentlich repariert wurde. Wir sahen uns nach einer Wohnung um.

Eine Wohnung hat hier gegenüber einem Haus mehrere Vorteile: Sicherheit: Bewachung Tag und Nacht, Besucher müssen sich anmelden und werden erst auf Nachfrage eingelassen. Kontakte: da die Kinder sich hier nicht selbstständig außerhalb des Hauses bewegen können, müssen sie zu Freunden gefahren werden, oder Besuche finden nicht statt.

In unserem Haus wohnen jetzt 12 Kinder, die zur selben Schule gehen. Die Altersspanne reicht zwar von Kindergarten bis zum 12. Schuljahr, aber immerhin sind zwei Mädchen aus Lisas Klasse dabei. Samuel hat sich mit einem Jungen seines Alters angefreundet, der demnächst in seine Klasse wechselt.

Da hier viele Ausländer wohnen, ergibt sich auch für die Erwachsenen die Möglichkeit des Kontakts am Schwimmbad. Dies ist besonders an Wochenenden wichtig. Die wohlhabenderen Panamaer ziehen sich dann in ihre Familien, Clubs und Wochenendhäusern zurück. Das gemeine Volk trifft sich z.Bsp. entlang der Küste, wenn vorhanden mit Auto, Stereoanlage und Cooler (=Kühlbox) wobei diese drei Hauptrequisiten auch räumlich zusammen bleiben. Cooler und Stereoanlage kommen in den offenen Kofferraum und man sitzt, trinkt und tanzt in oder am Auto. Häufig sucht man auch nach Abkühlung im erheblich verschmutzten Pazifik.

Unsere öffentlichen Treffpunkte wie Stadtzentren, Parks, Spielplätze und Wälder sehe ich, seitdem ich hier bin, mit ganz anderen Augen.

Hier genießen wir jedoch den freien Blick aufs Meer mit dem sich ständig ändernden Panorama, abhängig vom Stand der Gezeiten und von der Wetterlage.
Mit diesem Ausblick werde ich enden, damit ich allen noch Schöne Feiertage
 wünschen kann

Silvia

Adresse: c/o Deutsche Botschaft Panama

Postfach 1508
neu! 53173 Bonn

Telefon: 262497
Fax: 262482

Hinzugefügt:

12.12.93

Jetzt ist es doch noch knapp geworden, mit dem Ankommen vor Weihnachten. Ich hoffe, dass Ihr an den Feiertagen ein paar ruhige Tage verlebt und gut in ´94 hineinrutscht.

Hier ist Weihnachten kein ruhiges Fest, eher mit Karneval zu vergleichen. Bin mal auf den 24. gespannt.

Nochmals viele Liebe Grüße

Silvia

Heimaturlaub, Rastazöpfe, Weihnachten und Silvester

Wir hatten unseren ersten „Heimaturlaub" in Duisburg hinter uns. Von nun an sollten wir jedes Jahr im Sommer nach Deutschland fliegen, um Freunde und Familie zu besuchen. Wir kamen mal hier mal dort unter. Es war schön, fremd und anstrengend, besonders das Fliegen und das ständige Ein- und Auspacken.

Curaçao auf dem Rückweg war traumhaft schön. Wir hatten eine tolle Zeit als Familie. Ich hatte mir Rastazöpfe flechten lassen und sie erst kurz vor Schulbeginn herausgenommen. Mit dem Ergebnis, dass meine Haare eine Weile sehr voluminös waren. Sie standen richtig ab.

Meine Mitschüler und Mitschülerinnen glaubten mir nicht, dass ich mir keine Dauerwelle hatte machen lassen, sondern dass die Krause von den Rastazöpfen kam. Es gab Getratsche in meiner Klasse, ich hatte angeblich eine Dauerwelle und die Kinder in der vierten Klasse lästerten über mich. Es war wieder ein gefundenes Fressen für die, die etwas gegen mich hatten. Von Durchsetzungsstärke meinerseits konnte man nicht gerade sprechen. Ich war in mich gekehrt und leicht verwundbar. Zwar hatte ich bis dato oberflächliche Bekanntschaften geknüpft, aber noch keine echte Freundin gefunden.

Weihnachten feiert man in Panama in Shorts, mit Klima-anlage und Plastikbaum. Jede Menge Kitsch, Limo und Turkey (Truthahn) darf nicht fehlen. Sehr schön nach meinem Geschmack zu der Zeit. Ich fand es toll.

Ich kann mich noch genau an ein bestimmtes Silvester erinnern bei Freunden meiner Eltern, die bei der deutschen Botschaft beschäftigt waren.

Es war eine einzigartige Stimmung dort. Und so entschloss ich mich spontan um kurz vor Mitternacht, einen mega - wie man heute sagt - Tanz zu Michael Jackson hinzulegen. Alle Blicke waren auf mich gerichtet und ich genoss den herrlichen Flow des Tanzens. Ich ging richtig ab und erntete kräftigen Applaus nach meiner ungeplanten Vorführung. Es war ein schönes Gefühl zu tanzen, das, was mir so viel Spaß bereitet bis heute, zu tun und dafür ehrliche Anerken-nung zu bekommen. Dieses Erlebnis werde ich wohl nie vergessen.

Skorpion

Als wir an einem Wochenende vom Chef meines Vaters in Panama in sein Ferienhaus eingeladen wurden, klang das zunächst nach Spaß.

War es aber nicht. Wir hatten dort keinen. Seine Kinder waren in Samuels und meinen Augen einfach nicht so pri-ckelnd und mein Vater mutmaßte sogar, dass sein Chef ihm einen lebenden Skorpion ins Bett geschmuggelt hatte.

Es kribbelte nachts etwas an seinem Bein. Er guckte nach und erschrak fürchterlich, da er natürlich nicht mit einem Skorpion gerechnet hatte. Seine erste Begegnung mit diesem Tier und hoffentlich auch seine letzte.

Rundbrief Nr. 4

Panamá, 1.11.94

Liebe Friedfrauen- und Männer!

Samuel hat mir gerade den Computer fertig gemacht, so dass ich endlich wieder schreiben kann. Zum Glueck besucht er eine amerikanische (internationale) Schule, in der er in diesem, seinem siebten Schuljahr, einen Computerkurs gewaehlt hat. Das bedeutet, dass er jeden Tag eine Unterrichtsstunde Computer hat. Ich komme mir schon ein bisschen antiquiert vor, weil ich dieses heute so unabdingbare Geraet noch nicht einmal betriebsbereit machen kann. Ich werde vielleicht einen Schnellkurs bei Samuel machen, um wenigstens meine Briefe selbst schreiben zu koennen. Zumindest mein Schreibmaschinenkurs, den ich mir vor ungefaehr 22 Jahren von meinem ersten selbstverdienten Geld geleistet habe, erleichtert mir die Sache ein wenig.

Armut

Was arm und was reich ist, relativiert sich hier erst mal gehoerig. In Supermaerkten packen Kinder und Jugendliche nicht nur die gekauften Sachen in unheimlich viele Plastiktueten ein, sie raeumen sie auch vorher vom Einkaufswagen aufs Band. (Da steht man dann manchmal ganz schoen bloed rum)

Gestern hat mich Lisa zum Einkaufen begleitet. Als sie beim Einpacken geholfen hat, wurde mir ploetzlich bewusst, dass die beiden Kinder, die dasselbe da neben ihr berufsmaeßig taten, hoechstens ein oder zwei Jahre aelter sein konnten. Das erschuettert einen dann immer wieder. Dabei zaehlen diese Kinder noch zu den Privilegierten, sie haben ein relativ sicheres Einkommen und arbeiten meist im Trockenen. Nur wenn sie die Einkaeufe zum Auto karren und es gerade regnet, haben sie Pech gehabt.

Es gibt nicht wenige Kinder, die tagein, tagaus an den großen Straßenkreuzungen sitzen und waehrend der Rotphasen zwischen den Autoreihen herlaufen und die Fahrer anbetteln. Man gibt diesen armen Wuerstchen auch immer mal was und weiß genau, dass sie mit den paar Pfennigen (oder besser gesagt Cents, US Waehrung) sich am naechsten Mc Donald´s oder am Bonbonstand, in jedem Fall aeußerst ungesund verkoestigen werden. Wen interessiert denn schon die Menge an Vitaminen oder Mineralien, die diese Kinder zu sich nehmen? Oder die Menge der Abgase, die sie aufnehmen? Oder die Gefahr, der sie sich staendig aussetzen?

Viele Kinder wohnen in menschenunwuerdigen Behausungen, ohne Elektrizitaet, ohne fließendes Wasser, von Matsch umgeben, Folge der staendigen Regenfaelle. Haeufig werden sie Opfer von Misshandlungen, wehrlosestes letztes Glied in der Armutskette.

Nie werde ich den alten Mann vergessen, der mitten in der Stadt in den Abfallsaecken gewuehlt hat und sich dann die Essensreste in den Mund fuehrte.

Wer keine Arbeit hat, bekommt keinerlei Unterstuetzung. Er kann Gelegenheitsarbeiten suchen, sich von der Familie unterstuetzen lassen oder betteln gehen. Wer Arbeit hat, versorgt meist noch einige zusaetzliche Personen mit. Das Gesundheitssystem garantiert lediglich eine Minimalversorgung, was allerdings schon das Ergebnis einer von Noriegas Vorgaenger Torijos durchgefuehrten Reform ist.

Dabei ist Panama keineswegs arm. Das durchschnittliche Prokopfeinkommen liegt bei 2000 US $. Aber…wie so oft, die Verteilung! Da der Reichtum hier gerne protzig zur Schau gestellt wird, wird einem der krasse Gegensatz zwischen nacktem ueberleben und Luxus staendig vorgefuehrt. Auf den Straßen sieht man immer wieder Luxuslimousinen, es gibt eine große Zahl von Geschaeften mit erlesenen Waren zu horrenden Preisen, Hochzeiten werden in Saelen großer Hotels mit Hunderten von Leuten Gefeiert usw. Ein Beispiel aus eigener Erfahrung war die Geburtstagsfeier eines Mitschuelers von Lisa.

Die Einladung! wurde vom Chauffeur zur Schule gebracht und dort verteilt. Sie bestand aus einem wunderschoenen Kaestchen mit noch wunderschoeneren Papieren und kleinen Figuerchen aus tausendundeiner Nacht. Darauf wurde dann direkt die ganze Familie eingeladen, und zwar in das teuerste Hotel der Stadt. Der groeßte Salon samt Flur war dort nach Motiven von Aladin dekoriert. Es gab Buffet fuer Kinder und Erwachsene, Animateure, die mit den Kindern Spiele durchfuehrten, Musik, Tanz, Preise. So etwas haette ich mir bis dahin nicht vorstellen koennen.

Wetter

Waehrend der letzten Tage hatten wir hier richtiges Novemberwetter. Sturm, wolkenbruchartige Regenfaelle, mit anschließenden Ueberschwemmungen, kein bisschen Sonne. Seit gestern ist die Sonne wieder da, es ist aber noch sehr windig. Hier kann man wirklich von Naturgewalten sprechen. Es gibt keine halben Sachen. Wenn die Sonne scheint, dann knallt sie mit ganzer Macht und man tut gut daran, moeglichst immer den Schatten aufzusuchen oder zumindest Sonnenhut, Sonnenbrille und Sonnencreme zu benutzen. Wenn der Wind einsetzt, manchmal ganz ploetzlich, kann man manchmal nicht schnell genug Tueren und Fenster schliessen, um zu verhindern, dass Gegenstaende umfallen oder Bilder von den Waenden wehen. Oft hoert man es dann auch aus anderen Wohnungen knallen oder klirren.

Solche Gewitter wie hier in Panama habe ich zuvor noch nie erlebt. Es knallt und blitzt und grollt so gewaltig, dass die Wohnung erzittert, oft irgendwelche Alarmanlagen angehen, der Strom ausfaellt oder auch wie letztens uns gegenueber, ein Baum auf ein Auto faellt, aber diese Erfahrung hatten wir ja in Deutschland auch schon mal.

Ueber den Regen habe ich schon berichtet. Es ist jedoch immer wieder beeindruckend, mit welcher Gewalt er hier niederstuerzt und einen großen Teil des oeffentlichen Lebens lahmlegen kann. Regelmaessig treten Fluesse ueber die Ufer und ueberschwemmen die Wohngegenden derer, die sowieso kaum etwas besitzen. Im Stadtgebiet sind viele

Straßen fuer Personenwagen nicht mehr passierbar, bevor die Leute selbst mit Schirm vollkommen durchnaesst sind, stellen sie sich lieber irgendwo unter und warten das Ende des Regens ab. Man muss davon ausgehen, dass bei solchem Regen Termine nicht eingehalten werden.

Telefon

Telefonieren scheint zu den Grundrechten eines jeden Panamesen und besonders einer jeden Panamesin zu gehoeren. Dazu traegt sicherlich bei, dass das Telefonieren im Stadtgebiet kostenlos ist. Daraus wird allerdings eine Art staendiger Verfuegungsgewalt jedem erreichbaren Telefon gegenueber abgeleitet. Es erscheint der Bedienung geradezu anmaßend, fordert man sie auf, doch ihr Gespraech zu beenden und nicht nur zwischen den Fragen nach dem Wohlbefinden der Tante und dem Schnupfen des Neffen dem Kunden behilflich zu sein. Oft wird gar nicht gefragt, ob man das Telefon benutzen darf, sondern nur danach, wo es steht. Beim Baecker, in der Apotheke, im Kaufhaus, ueberall sieht man Kunden an den Geschaeftsleitungen die offensichtlich dringenden Gespraeche zu fuehren haben. Natuerlich ist staendig besetzt, wenn man selbst mal irgendwo anrufen muss. Die Hausangestellten werden ebenfalls staendig von ihren Familienmitgliedern angerufen, oder rufen selbst an. Oft gestalten sich die Gespraeche dann folgendermaßen; Wie geht es Dir? Ja, hier bin ich./ Und sonst?…Auch gut, und dann? Ja, und wie geht es Maria? Und sonst?…

Uebrigens, wir sind noch einmal umgezogen, diesmal allerdings nur von der zweiten in die achte Etage. Unseren Vermieter hatten sie erschossen und seine Frau ist daraufhin mit den Kindern nach Miami gefluechtet. Dieser Vorfall, war dann der Tropfen der das Fass ueberlaufen ließ nach einigen unangenehmen Erfahrungen mit diesen Leuten.

Frohe Weihnachten!

Handschriftlich hinzugefügt:

Wie geht es Euch? Wir nehmen an, dass Ihr mitten im Vorweihnachtsstreß seid, man kann es ja doch nie richtig vermeiden. Uns steht vor Weihnachten noch der erste öffentliche Konzertauftritt Lisas am Klavier und Samuels Mitwirkung beim Schulschauspiel bevor. Auf beides sind wir sehr gespannt.

Viele liebe Grüße

alles Gute

Silvia

Aladin, Armut, Telefon und Sarah

Zur Aladin-Party eines Schülers meiner Klasse war nicht nur unsere Klasse eingeladen, sondern die gesamte Schule. Die Party war pompös. Es wurden Schauspieler einbestellt, die sich als Darsteller der Aladin-Figuren verkleideten und ihre Rollen spielten, indem sie auf einem fliegenden Teppich saßen oder Goldmünzen mit schokoladigem Inhalt verteilten. Es war wie in 1001 Nacht. Alles war dekoriert. Natürlich kamen nicht nur die Schüler, auch deren Eltern waren eingeladen, um sich dieses große Fest nicht entgehen zu lassen. Dieser Schüler wohnte mit seiner vier- oder fünfköpfigen Familie in einem Anwesen auf einem Berg, das fünfstöckig war und einen Hubschrauber-Landeplatz auf dem Dach besaß, wenn ich mich richtig erinnere. Ich habe die Villa nie betreten, aber habe sie jedes Mal, wenn wir mit dem Schulbus um die Ecke bogen, auf den letzten Metern auf dem Weg zur Schule von weitem erblicken können. Dieses „Haus" gegenüber der Schule konnte man nicht übersehen. Wir sagten dazu als Kinder „Mansion".

Als wir ein Spiel spielten immer und immer wieder - ich weiß leider nicht mehr, wie es hieß -, kam auch eine „Mansion" darin vor. Dieses Spiel sollte die Zukunft vorhersagen können. Wie viele Kinder beziehungsweise ob man Kinder bekommt und ob man später in einem Haus, Apartment oder in einer Mansion (Villa) wohnen wird und noch vieles mehr, an das ich mich nicht mehr erinnere. Man musste als „Wahrsagerin" neben dieser Auflistung der Dinge einen

Kreisel oder Spirale zeichnen. Der „Kunde", dem die Botschaft vermittelt wurde, musste an einem Punkt „Stop" sagen, ohne zu gucken, wieviele Linien der Spirale man bereits gezeichnet hat. Die Linien, die gemalt wurden, wurden im Durchmesser des Kreisels abgezählt und dann wurde immer nacheinander diese Anzahl der Zahl durchgestrichen, bis in jeder Kategorie der Auflistung der verschiedenen Optionen nur noch eine übrig war. Was die Behausung anging, war die „Mansion" immer das, was alle Kinder wollten, und sie galt als Hauptgewinn. Ich war nie wirklich so sehr an der Behausung interessiert. Die Hauptsache war für mich, dass ich in der Zukunft in einem Apartment leben konnte. Ich glaube mich daran zu erinnern, dass es auch eine Kategorie „unter" Apartment gab, die auch ich nicht haben wollte.

Zum Thema „Armut und Panama" fällt mir spontan die Armut, die man auf der Straße im alltäglichen Autoverkehr erlebte, ein. Zwischen den Autos an den Kreuzungen tummelten sich Menschen, die auf Krücken liefen, weil ihnen ein Bein fehlte. Man sah hier auf der Straße Versehrte. Greise, Jugendliche, aber auch Kinder, die Geld von den Autofahrern erbettelten. Alle Altersklassen waren vertreten.

Es wurde z. B. angeboten, mit Dreckwasser die Scheiben zu putzen. Meistens ging es aber über das Anbieten hinaus. Es wurde glatt, ohne zu fragen, die Scheibe nass gemacht, manchmal auch aus Versehen in der Eile des Gefechts beim Warten auf grünes Licht die Frontscheibe zerkratzt. Oftmals gab es die Zeitung zu kaufen. Lichis, eine Süßigkeit aus

China, die außen rum genauso wie Lichis auch rot waren - mir fällt der Namen nicht mehr ein - und viele andere verpackte Süßigkeiten gab es zu kaufen. Außerdem wurden Akrobatik- oder Clown-Vorstellungen gezeigt. Dies geschah alles während der Rotphase der Ampel.

Sobald die Ampel auf Grün schaltete, rannten die Bettler an den Straßenrand. Wir hatten immer für jegliches Angebot zahlreiche Münzen im Aschenbecher des Autos liegen. Da keiner von uns rauchte, diente er als Behälter für das nötige Kleingeld. Mein Vater kaufte täglich auf dem Weg zur Arbeit „La Prensa", eine Tageszeitung, bei einem der Verkäufer auf der Straße.

Telefoniert habe ich übrigens auch jeden Tag etwa zwei Stunden lang, nachdem ich in der fünften Klasse mit zehn Jahren dann endlich eine Freundin von längerer Dauer, Sarah, gefunden hatte. Es war ja kostenlos. Da war ich ganz Panameña. Wieder in Deutschland angekommen, gab es immer Ärger wegen der Telefonrechnung. Ich konnte diese Gewohnheit nur schlecht abstellen.

Sarah, meine nun allerbeste und auch einzige gute Freundin zu der Zeit, wohnte on Base, in der US-amerikanischen Zone. Wir hatten also am Wochenende, wenn ich bei ihr übernachtete, in einer amerikanischen Welt unseren Spaß.

Wir tranken bei ihrer Oma in der Nähe auf ihrer „Porch" (Veranda) an ihrem Haus - auch im amerikanischen Stil - unsere „Lemonade" aus Zitronen und ganz viel Zucker, die

die rüstige Rentnerin selbst zusammenmischte. Wir guckten uns in der Nacht auf der Straße liegend die Sterne an. Dies war möglich, da die Straße, in der Sarah wohnte, eine Sackgasse war und sie ganz am Ende wohnte. Ein Auto fuhr dort fast nie lang, besonders nicht nachts. Wir schauten uns u. a. „The Squall" im Kino an und sangen im Stehen die amerikanische Nationalhymne mit - pantomimisch untermalt, da wir uns etwas lustig machen wollten, ohne Ärger mit den anderen Besuchern zu bekommen. Dazu gab es von ihren Eltern 20 Dollar für Süßigkeiten, die wir prompt komplett für „Oreos" u.v.m. ausgaben und die wir auch alle aufaßen, so dass ich in dieser Nacht leider mit heftigsten Bauchschmerzen abgeholt werden musste. Wir guckten „The Witches", ein Film, der definitiv nicht für unser junges Alter gedacht war, und mussten mit den Konsequenzen einer sehr angsterfüllten und schlaflosen Nacht leben.

Zudem spielten wir im Fitnessstudio, in dem fast jeder on Base Mitglied war, Squash. Wir guckten uns Baseballspiele und ganz besonders die etwas älteren, attraktiven Spieler genauer an und aßen dabei „Buckets of Chicken" von Kentucky Fried Chicken. Bei selbigem Schnellrestaurant konnte man sein Getränk damals beliebig oft nachfüllen. Manchmal gingen wir zum Baseball Feld in der Nähe und kamen eine Stunde später wieder zurück für einen Getränke-„refill" und eine Pipipause. Das war ein Spaß. Wir freuten uns, dass wir so raffiniert waren und nur einen Dollar für endlose Getränkeauswahl hatten bezahlen müssen.

Der Fernseher mit Riesenbildschirm lief in Sarahs Haus fast den ganzen Tag. Etwas Besonderes lebte im Garten der Familie, ein Reh. Genau, Sarah besaß einen Hund namens Leo und ein Reh, dessen Namen ich nicht mehr weiß, als Haustiere. Außerdem waren wir zusammen sehr kreativ und machten in einem Farbenbad mehrere Lesezeichen für die ganze Familie, wenn wir mal ausnahmsweise in der Zone Zeit drinnen verbrachten.

Sarahs Familie hatte - in Panama eine Seltenheit - keinen Pool auf ihrem Grundstück. Deshalb kam Sarah auch manchmal am Wochenende zu mir und wir verbrachten fast den ganzen Tag in unserem Pool. Oder wir hörten in meinem Zimmer Alanis Morrisette und spielten mit meiner Kuscheltiersammlung Dschungel.

Der Vater von Sarah überwachte die Technik für den Panama-Kanal. Er arbeitete in einem dunklen Raum mit vielen Computern und Videomonitoren. Wir besuchten ihn einmal dort bei einem Schulausflug - „Fieldtrip" - zum Panama-Kanal und waren alle schwer beeindruckt von den vielen Monitoren und Knöpfen in diesem großen Überwachungssaal, in dem es nach Kaffee roch und alle sehr beschäftigt wirkten. Das imponierte mir sehr.

Die Mutter von Sarah war, glaube ich mich zu erinnern, Meeresbiologin und arbeitete am „Causeway" - einer langen Straße ins dreckige Meer aufgeschüttet, auf der nur Fußgänger und Fahrradfahrer zur Freizeitgestaltung erlaubt waren, - beim „Smithsonian Institute". Da hatten wir auch mal einen Ausflug hin und durften die vielen Eimer mit Wasser und vielen verschiedenen „Tierchen" darin bestaunen. Oder verwechsle ich sie jetzt mit Jeffs Mutter? Lang ist es her.

Sra. Lavanda

Im Spanisch-Unterricht ist etwas Erstaunliches passiert: Meine neue Spanisch-Lehrerin - Sra. oder Señora (Frau) Lavanda - las die Liste der Schüler in der ersten Stunde vor, um die Anwesenheit aller zu überprüfen. Bei meinem Namen stockte sie und guckte fassungslos hoch. Sie fragte mit Tränen in den Augen, ob mein Vater Juan heiße, woraufhin ich sagte: „Nein, er heiße Pedro. Warum?"

Sie wusste sofort, dass mein Onkel dann Juan heißen müsse, oder? Und ich bejahte dies erstaunt. Ich fragte mich, woher sie meinen Onkel kannte. Nach dem Unterricht nahm sie mich beiseite und erzählte mir, dass sie in früheren Jahren mit meinem Onkel ausgegangen sei und dass sie auch meinen Vater kenne, und zwar aus Chile, genauer gesagt aus Santiago de Chile. Die Diktatur in Chile hatte viele Chilenen ins Exil in verschiedene Länder gehen lassen. So auch meinen Vater, meinen Onkel und Señora Lavanda. Nach vielen Jahren ohne Kontakt fand man sich in Panama wieder.

So ein Zufall. Die Welt ist klein. Sie gab mir ihre private Telefonnummer und einen kurzen Brief für meinen Vater, der sie dann auch prompt zu uns einlud. Sie war eine etwas strengere Lehrerin. Privat war sie entspannter. Es war jedoch etwas seltsam für mich, sie aufgrund ihrer Bekanntschaft mit meinen Eltern auch bei uns oder ihr zu Hause zu sehen.

Jahre später umsorgte sie Samuel und mich bei einem Besuch in Panama zu zweit bei sich zu Hause liebevoll, als die Freunde meines Bruders uns dann doch nicht mehr beherbergen konnten. Das war wirklich nett.

Rundbrief Nr. 5

Aufgeschrieben von Dez. ´94 bis Feb. ´95

Liebe Friedmanns!

Und hier kommt schon der nächste Rundbrief!
Die Produktion ist in Gang gekommen!

Es ist immer ein kleines Abenteuer in dieses Programm
reinzukommen, aber ich bin jedes Mal ganz stolz, wenn ich
es geschafft habe. Eben wollte es mit der Maus nicht so
richtig klappen, erst nach einer Weile merkte ich, dass sie
verkehrt herum lag. Dann blieb der Pfeil immer haengen.
Auf jeden Fall kann ich jetzt weiter schreiben…

Die Tuecken des Alltags

Um den Rundbrief Nr. 4 zu kopieren, ging ich in einen in
der Naehe gelegenen Supermarkt, weil ich vor kurzem ent-
deckt hatte, dass man dort auch kopieren kann. Vorher bin
ich immer zu einigen Kopierlaeden in der Naehe der Uni
gegangen, habe dann aber unter Umstaenden lange Zeit im
Verkehr zugebracht.
Da war ich also jetzt im Supermarkt. Als ich dem Mann am
Kopierer sagte, dass ich die zweite Textseite gerne auf die

Rueckseite der ersten kopiert haben moechte, schaute er mich ganz entgeistert an.

Nach nochmaligem Erklaeren schien er zu ahnen, was ich vorhatte. Er kopierte dann zunaechst mal die erste Seite 30 mal. Dann rief er eine Frau zur Unterstuetzung herbei. Als ich ihr wiederum mein Vorhaben erlaeutert hatte, sagte sie, es ginge nicht. Natuerlich ginge es, behauptete ich. Man muesse den Stapel nur andersherum hineinlegen. Daraufhin sprach sie ihren Kollegen an und sagte, ich wuerde sie nicht richtig verstehen. Das aergert mich dann immer besonders. Ich entgegnete also etwas gereizt, ich wuerde sie sehr gut verstehen, sie mich aber offensichtlich nicht und ich wollte lediglich die Kopie auf der Rueckseite desselben Blattes haben.

Daraufhin entschloss sie sich, erstmal einen ihrer Vorgesetzten aufzusuchen.

Als sie nach einer Weile zurueckkehrte, teilte sie mir mit, mein Vorhaben waere schon durchzufuehren, allerdings muesse ich dann die Kopie auf der Rueckseite genauso bezahlen.

Ich hatte bis dahin ja nichts Gegenteiliges gefordert. Auf alle Faelle ging es jetzt los!

(Jede Kopie musste einzeln gemacht werden)

Jetzt wollte allerdings der Kopierer nicht mehr. Die Blaetter blieben dauernd stecken.

Eine Frau, die inzwischen eingetroffen war und ebenfalls kopieren wollte, gab dann der verzweifelten Bedienung entsprechende Hinweise, um das Geraet wieder in Gang zu setzen.

Aus Dankbarkeit ließ ich sie dann erstmal ihre Kopien machen und wir setzten unsere Arbeit fort.

Ein Mann naeherte sich dem Kopiergeraet, blickte suchend umher, fragte ob noch all diese Blaetter zu kopieren seien, und ob es vielleicht noch ein anderes Geraet gaebe. Da er nur 2 Kopien machen wollte, ließ ich ihn freundlicherweise vor, wofuer er sich sehr höflich bedankte, was keinesfalls eine Selbstverstaendlichkeit ist.

Zu meiner mit den Papieren kaempfenden Bedienung gewandt mache ich daraufhin die Bemerkung, dass in diesem Land nichts schnell geht, es aber jeder unheimlich eilig hat. Sie laechelte und unsere vorhergehende Meinungsverschiedenheit war schon vergessen. Nachdem ich die Schnellkasse passiert hatte, fragte ich mich, ob ich beim naechsten Brief nicht doch lieber wieder einen Kopierladen aufsuche.

Am Samstag, auf dem Weg in die Stadtmitte, hielt Pedro an der Post, um eine Briefmarke zu kaufen. Ich wartete mit den Kindern im Auto. Als er nach 20 Minuten noch nicht wieder aufgetaucht war, nahm ich an, es sei nur ein Schalter besetzt. Nach weiteren 5 Minuten erschien Pedro und berichtete lachend folgendes:

Es waren mindestens zwei Schalter besetzt, zwischendurch auch mal drei. Ein Kunde gab eine Reihe von Briefen auf, fuer die teilweise getrennt etwas aufgeschrieben oder ausgerechnet werden musste. Zu diesem Zweck wurden dann beide Schalter in Anspruch genommen.

Als Pedro nach einiger Zeit nachfragte, ob es vielleicht möglich sei, einen Schalter fuer den Rest der Wartenden zu benutzen, teilte man ihm mit, die Dame kenne sich noch nicht so gut aus, deswegen muesse die Nachbarin ihr helfen. Außerdem mache sie die Draengelei nervös. Was sich dann noch im Einzelnen alles ereignet hat, konnte ich mir leider nicht merken, aber das Ergebnis spricht fuer sich.

Heiß und kalt

Panama liegt in den feuchten Tropen. Die Temperatur bewegt sich so um die 30 Grad, nur geringfuegige Abkuehlung nachts, sehr hohe Luftfeuchtigkeit. Trotzdem sind Erkaeltungen sehr haeufig und oft sehr langwierig.

Samuel hatte, seitdem wir aus Deutschland zurueck sind, bereits zweimal Bronchitis. Die Hauptursache dafuer liegt meiner Meinung nach in dem unangemessenen Einsatz der Klimaanlage. Wer es sich leisten kann, und wer es sich nicht leisten kann, ist dafuer umso mehr bestrebt, es sich nicht anmerken zu lassen, bringt zu jeder Zeit alle ihm zur Verfuegung stehenden Kuehlgeraete auf voller Leistung zum Einsatz.

Weil es in den Klassenraeumen so kalt ist, zieht Samuel immer ein weißes T-Shirt (amerikanisches Unterhemd) unter seinem Uniformhemd an.

Lisa kam letztens frierend nach Hause, die Klimaanlage im Schulbus war so hoch eingestellt.

Beim Betreten von Geschaeften, Banken, Supermaerkten etc. bekomme ich manchmal so einen Schlag, dass sich meine Gedaerme zusammenziehen und ich das dringende Beduerfnis habe, eine Toilette aufzusuchen.

Zum Kino ziehe ich mich warm an.

Oft laeuft die Klimaanlage auf vollen Touren und Fenster oder Tueren stehen auf. Meist sind die Fenster sowieso undicht, da sie fuer Durchzug konstruiert sind und sich gar nicht dicht schließen lassen. Sie bestehen dann aus waagerecht angebrachten schmalen Lamellenscheiben, die sich mithilfe eines Drehgriffs verstellen lassen.

Mein Beitrag zum Umweltschutz...

kommt mir geradezu laecherlich vor, aber ich habe es immer noch nicht ganz aufgegeben.

Zum wiederholten Male tropfte die Milch schon an der Kasse aus der Pappverpackung. Regelmaeßig ist der Kuehlschrank und alle unter der Milch befindlichen Lebensmittel mit Milch bekleckert. Ich kaufe trotzdem keine Milch in Plastikflaschen!

Ich wehre mich jedoch inzwischen nicht mehr gegen die Zugabe einer Plastiktuete zum Briefcouvert.

Es muss einfach auch noch das kleinste Teilchen ordentlich in Plastik verpackt werden. Die Verkaeufer/innen sahen mich jedes Mal so an, als ob ich selbst nackt auf die Straße laufen wollte.

Eier kaufe ich in der Pappschachtel und nicht im Plastik. Wenn ich es rechtzeitig vorher weiß, hole ich Bier und Cola

im Kasten an der Bodega und nicht in Dosen oder Plastikflaschen im Supermarkt.

Damit hat es sich aber schon. Nein, noch etwas, man kann
auch ungebleichte Papierkuechentuecher kaufen.

Schule 1. Folge

Schon waehrend der Vorbereitungen zur Umsiedlung in
Deutschland rief mich Pedro aus Panama an und sagte mir,
ich solle unbedingt mit den Zeugnissen der Kinder zum
panamaischen Konsulat. Also fuhr ich einige Tage vor
Abflug - man hatte ja auch sonst nichts zu tun- vorsichtshalber mit allen Zeugnissen nach Bonn.

Da Lisa in der Mitte des ersten Schuljahres noch keins
bekommen hatte, stellte mir der Schulleiter eine Beschei-
nigung ueber den Schulbesuch und den Leistungsstand aus.
Alle Papiere bekamen dann wichtige Stempel und ich
erinnere mich, dass mir der Preis dafuer sehr hoch vorkam.

In Panama angekommen, hatte Pedro schon die naechste
Liste mit Dingen, die fuer den Schulbesuch nötig waren.
Zunaechst mussten beide Kinder einen Test machen.

Mit dem Taxi fuhr ich also zum Testtermin in die Schule.
Sie war damals noch in zwei Privathaeusern untergebracht.
Samuel war der Erste. Ich wartete mit Lisa bis der Sekretaerin im Flur und unterhielt mich mit einer Schweizerin, die
ihre Tochter anmeldete. Freundlich forderte mich die Sekretaerin auf, doch schon mal die Testgebuehr ueber 50 Dollar
zu begleichen.

Ich fiel aus allen Wolken. Man hatte mir geraten, nie mehr
als 30 Dollar Bargeld mitzunehmen, ueber eine Testgebuehr

hatte mich niemand informiert. Mit meiner Kreditkarte konnte die Sekretaerin nichts anfangen, die Schecks waren entweder zu Hause oder bei Pedro.

Ich bot der Sekretaerin meine 20 und noch was Dollar an. Sie laechelte nur und meinte, wenn ich jetzt die 50 Dollar nicht bezahlen wuerde, könne Lisa leider nicht mehr getestet werden. Alle Beteuerungen, das Geld sofort anschließend zu bringen, alle angebotenen Pfaender zeigten keine Wirkung.

Zum Glueck hatte ich aber Pedros Telefonnummer und er war auch tatsaechlich gerade im Buero. Allerdings konnte auch er die Sekretaerin nicht umstimmen. Hier war cash angesagt.

Die Schweizerin, die ich gerade kurz vorher kennengelernt hatte, bot mir daraufhin das Geld an. So konnte Lisa doch noch getestet werden, ich hatte etwas ueber Privatschulen gelernt und eine Freundschaft begonnen.

Am gleichen Nachmittag bekam ich die Nachricht, beide Kinder hatten den Test bestanden, ich könne sie am naechsten Morgen um 7.30 Uhr ins erste, bzw vierte Schuljahr bringen.

Da wir noch keine Uniformen hatten, haben sich die Kinder dann wenigstens ein weißes Hemd angezogen. In allen Schulen hier tragen die Kinder Uniformen. Inzwischen finde ich es ganz praktisch. Es stört mich nur, dass die Maedchen dadurch von vorneherein auf Röcke festgelegt werden. Man muesste ihnen auch erlauben, Hosen oder Hosenröcke zu tragen. Aber so etwas faellt hier niemanden auf.

Fuer die Uniform gibt es folgende Vorschriften: schwarze Schuhe, keine Sandalen und keine Turnschuhe!, lange Hosen fuer die Jungen und Röcke fuer die Maedchen aus einem bestimmten Stoff, in diesem Fall hellblau mit duennen weißen Laengsstreifen, dazu eine weiße Bluse bzw. Hemd mit dem Schulemblem I.S.P. "International School of Panama" auf der Brusttasche.

Zum Sport duerfen dunkelblaue Shorts mit dem Schul T-shirt getragen werden. Alles ist aus leichtem Material, laesst sich gut waschen und trocknet schnell. Jeden Tag wird eine frische Uniform angezogen.

Am naechsten Morgen fanden wir uns also auf dem Sammelplatz, einer Garageneinfahrt, ein. Die Kinder stellten sich nicht paarweise, sondern in einer Reihe hintereinander auf. Eine Reihe Jungen! eine Reihe Maedchen! Internationale Schule nach US amerikanischem Muster!

Ich begleitete Lisa in ihre Klasse, ein Raum in einer wunderschönen alten Villa mit Veranda und Haengefarnen. Auch die anderen aeußeren Bedingungen nahmen sich geradezu paradiesisch aus. Klassenstaerke 15, nicht etwa die Anzahl der Maedchen, nein, insgesamt. Jedes Kind hatte einen eigenen kleinen Tisch, im hinteren Bereich war noch genug Platz fuer einen Leseteppich, an den Waenden befanden sich Regale mit Material. Der Laermpegel war natuerlich entsprechend niedrig, die Lehrerin freundlich.

Ich setzte mich neben Lisa. Diese kleine Person hatte noch nicht einmal alle Buchstaben in Deutsch lesen und schreiben gelernt und sollte jetzt alles nochmal in Englisch anfangen. Ich selbst hatte schon genug Schwierigkeiten mit meinem Schulenglisch. Ich verfiel immer wieder ins Spanische, sobald ich Englisch sprechen wollte, und wusste nach einigen Versuchen ueberhaupt nicht mehr, was ich sagen wollte. Ich kam mir manchmal vor wie eine Analphabetin.

Lisa beobachtete alles und malte, was sie konnte von ihrem Nachbarn ab.

Beiden Kindern sagten wir, dass es ueberhaupt keine Rolle spiele, welche Noten sie bekaemen, sie sollten erst einmal versuchen, so schnell wie möglich English zu lernen, die Unterrichtssprache in allen Faechern. Zusaetzlich gibt es eine Stunde taeglich Unterricht in Spanisch, als Fremdsprache fuer viele Kinder, da ueber 30 verschiedene Nationalitaeten in der Schule vertreten sind.

Waehrend des Unterrichts in Englischer Sprache nahm eine Lehrerin Samuel mit in einen anderen Raum und uebte mit ihm Vokabeln. Das war auch zunaechst seine vorrangige Hausaufgabe. Nachmittags brachte er immer 20 Kaertchen mit Bild auf der einen und Vokabel auf der anderen Seite mit nach Hause.

Beim ueben saß Lisa mit dabei und lernte automatisch mit. Nach einigen Tagen kamen Verben dazu, dann kleine Saetzchen. In den Faechern `Science´ und `Social Studies´, unserem `Sachunterricht´ entsprechend, trugen auch die Illustrationen zum Verstaendnis bei. Mit Hilfe der ausgezeichneten

Schulbuecher erklaerte ich dann nachmittags, was sie in der Schule noch nicht so ganz verstanden hatten.

In diesen ersten Monaten hatten die Kinder kaum Freizeit. Um 6.00 Uhr aufstehen, um 07.00 Uhr holte der Schulbus sie ab, um 15.00 Uhr waren sie dann schließlich zu Hause. Nach Waschen, Umziehen und Essen ging es dann mit den Hausaufgaben weiter. Um 20.00 Uhr waren dann beide spaetestens im Bett, sonst haetten sie den naechsten Tag nicht durchgestanden.

In der Schule gibt es in allen Klassen regelmaeßig schriftliche Tests. Im ersten Schuljahr waren das zwischen 4 und 6 pro Woche. Die muendliche Leistung wird kaum bewertet. Die Notenscala reicht von 1 bis 5, wobei 5 die beste Note ist. Es werden auch Dezimalstellen angegeben. Inzwischen haben sie eine Scala von 1 bis 100 eingefuehrt, mit 100 als bester Note. Als die Kinder am Anfang Noten zwischen 1 und 2.5 erreichten, fuehlten sie sich wohl sehr unwohl und setzten sich selbst noch zusaetzlich unter Druck.

Lisa blieb in den ersten zwei Wochen fast stumm. Man wusste nicht so genau, was sie eigentlich verstand. Sie stellte sich immer als letzte in die Reihe und wich ihren Mitschuelern aus. Als wir dann einmal ein Maedchen zum Spielen eingeladen hatten, traute ich meinen Ohren nicht. "You are not supposed to be there!" hörte ich plötzlich Lisa rufen. Das war offensichtlich ganzheitliches Lernen aus dem Kontext.

Orientierung

Neu in Panama, wollte ich mich nun möglichst schnell hier zurechtfinden können. Dabei hilft mir normalerweise ein Stadtplan. Nur gab es hier keinen. Im Telefonbuch, in der Mitte sei einer, empfahl man mir. Das Dumme war nur, dass wir auch kein Telefonbuch hatten. Das bekommt man hier nicht so leicht, wenn man den Verteilungstermin verpasst hat, und da waren wir noch in Deutschland.

Die großen Hotels hatten Touristenplaene, immerhin. Bei genauerem Studium stellte sich jedoch heraus, dass die Plaene nicht ganz uebereinstimmten. Das hat Gruende.

Die Strassen haben entweder Namen oder Nummern. Einige haben Beides. Einige Strassen haben verschiedene Nummern, einige Nummern werden fuer verschiedene Straßen gebraucht. Namen bzw. Nummern, werden auch haeufiger geaendert. Die ehemalige Straße des 11. Oktobers ist jetzt die Straße des 12. Oktobers.

Nachdem wir auf sonntaeglichen Erkundungsfahrten einige Male in Stichstraßen gelandet waren, oder die eingezeichnete Straße nicht vorhanden war, legten wir die Karten beiseite.

Wir merkten uns die Hauptstraßen und probierten dann einfach einige Wege aus. Nach einiger Zeit bemerkte ich, dass sich auffallend viele Autos, darunter auch etliche Taxen, in auf den ersten Blick unbedeutende Nebenstraßen draengten. Dieser Kolonne fuhr ich dann hinterher. Oft entdeckte ich auf diese Weise Verbindungen zu wichtigen Punkten.

Wie gibt man hier seine Adresse an? Bei dem zweiten Haus sagten wir 56 te Straße in Obarrio neben Toni und Giovanni. Kaum einer weiß, wo die 56te Straße in Obarrio ist, aber fast jeder kennt Toni und Giovanni. Das sind naemlich die teuersten Frisöre aus Panama < einfacher Haarschnitt ueber 100 Dollar.

Damit die Telefonrechnung, die von der Gesellschaft an die Haushalte verteilt wird, auch richtig ankommt, gaben wir natuerlich unsere Hausnummer an. Nummer 4.
Die Erste kam richtig an. Dann kam nichts mehr und ich musste zur Gesellschaft gehen, damit sie uns nicht das Telefon abstellten. Nummer ziehen, waaarten, von Buero zu Buero. Ja, sie haben es sich jetzt richtig notiert. Nummer 4, neben Toni und Giovanni.
Wieder warteten wir auf unsere Rechnung. Eines Abends rief ein Herr an, ob er richtig sei bei Familie Nuñez, er habe eine Telefonrechnung fuer uns erhalten, er wohne auch auf Nummer 4, allerdings einige Straßen weiter. Es stellte sich heraus, dass sie Straße nach und nach weitergebaut wurde und insgesamt vier Mal die Nummer 4 fuehrte.
Im naechsten Monat rief uns ein GTZ/Kollege an. Er war gerade umgezogen, in unsere Naehe, auf eine andere Straße, auch auf Nummer 4. Er hatte unsere Telefonrechnung.

Ortsangaben sehen z.Bsp. so aus:
Gegenueber dem Gago auf der Via España,
hinter der Loteria National die zweite Straße rechts,
vor Nestle, den Berg hoch

da, wo vorher die Molkerei war.

Unsere jetzige Adresse: von der Stadt kommend, Via Israel am (ehemaligen) Marriott vorbei, am Restaurant Parillada Jimmy rechts rein, das Haus gegenueber der Kirche San Fransisco de la Caleta. Am besten faengt man bei der Kirche an. Wer sie kennt, und sie ist recht bekannt, findet das Haus sofort.

Verkehr…

…ein schier unerschöpfliches Themenreservoir

Vor einigen Tagen wollte ich auf einer vierspurigen Straße in der Gegenrichtung zurueckfahren. Dazu ordnete ich mich auf einer Unterbrechung der Mittelinsel ein. Keine gelben Streifen in der Mitte, die man nie ueberqueren darf, kein Schild. Dies war uebrigens die erste Möglichkeit, bei der ich nach links abbiegen konnte, nachdem ich schon einige hundert Meter am Geschaeft vorbei gefahren war.
Kaum stand ich dort, fing auch schon ein Polizeiauto, das in einer Ausfahrt mir gegenueber Stellung bezogen hatte, an zu quaken (Wenn sie auf sich aufmerksam machen möchte, gibt die Verkehrspolizei solch ein Quaken von sich).
Zunaechst hielt ich es nicht fuer möglich, dass ich etwa damit gemeint sein könne und suchte weiter konzentriert nach einer Luecke zum Einfaedeln. Es quakte jedoch immer heftiger und man teilte mir ueber Lautsprecher mit, an dieser Stelle könne man nicht nach links abbiegen.
Das war die Höhe!

Man muss dazu wissen, dass ich mich kurz vorher im Schneckentempo bis an diese Stelle gearbeitet hatte. Vorher musste ich muehsam in eine verstopfte zweispurige Straße einordnen, die die Autofahrer an der Einfaedelstelle einfach zu einer 3 bis 5 spurigen umfunktionieren, indem sie diese gelben Knöpfe, die auch in Panama ein ueberfahren verbieten, konsequent ignorieren.

Ich kurbelte das Autofenster herunter und versuchte mich, ueber den fließenden Verkehr hinweg verstaendlich zu machen. Es half nichts, sie bestanden darauf, dass ich an der naechsten Unterbrechung abbiegen sollte. Das tat ich dann schließlich, fuhr aber geradewegs zum Polizeiauto und fragte sie nach dem Grund ihres Handelns.

Die Polizistin wies auf einen Pfahl. An diesem Pfahl, so erklaerte sie mir freundlich, haenge normalerweise ein Schild, welches das Linksabbiegen an dieser Stelle untersage.

Als ich erwiderte, das könne man doch nicht wissen, meinte sie, deswegen haetten sie sich ja dort postiert. Ich schluckte und unternahm einen weiteren Vorstoß. Warum sie sich denn nicht an der von mir kurz vorher passierten Stelle postiert haetten, fragte ich sie, an der die Autofahrer sich ja wohl aeußerst verkehrswidrig verhielten. Sie meinte daraufhin, es gaebe zu viele Autos in Panama. Ich gab auf und wir unterhielten uns noch eine ganze Weile. Unter anderem klagte sie mir ihr Leid mit rueden Autofahrern, die sie beleidigten und beschimpften.

Verschleiß

Zuerst viel es mir bei den Waescheklammern auf. Staendig brachen sie auseinander. Ich kaufte die angeblich extrem Widerstandsfaehigen. Sie hielten dann etwas laenger. Ich lernte die tropische Sonne fuerchten. Waesche, die ich nur eine Stunde zum Trocknen aufhaengte, bleichte nach einiger Zeit aus. Zwei Waeschekörbe aus Plastik, die auch schon mal kurze Zeit in der Sonne standen, zerbrachen nach einigen Wochen.

Ich schaffte mir welche aus haerterem Plastik an. Diese habe ich bis heute. Sie sind allerdings auch nicht mehr der direkten Sonne ausgesetzt, seitdem ich hier in der Wohnung die Waesche in der Waschkueche, einem Teil der Wohnung, aufhaenge.

Ich kann mich nicht daran erinnern, in Deutschland jemals ein Buegeleisen gekauft zu haben. Das, welches wir benutzten, hatten wir schon "ewig". Da hier Stromanschluss 110 Volt ist, musste ich natuerlich hier ein neues kaufen. Das ging prompt nach 13 Monaten, nachdem die Garantie abgelaufen war, kaputt. Ich kaufte ein neues.

Da brach das auch hier gekaufte Buegelbrett entzwei. Inzwischen hatte ich wegen Verschleißes schon ungefaehr 4 neue Bezuege fuer das Buegelbrett erstanden.

Bei dem neuen Metallbrett schimmerte es nach einiger Zeit dunkel durch den ungefaehr 6 ten Bezug. Rost. Inzwischen lege ich zwischen Bezug und Brett eine alte Tischdecke, die ich ab und zu mitwasche.

Die Schnur des neuen Buegeleisens musste ich auch erneuern. Unser Fax wurde bereits zweimal repariert, ein neues Telefon funktionierte gar nicht.

Es wird hier eben auch haeufig schlechtes Material verwendet. Unsere Einbaukueche wird wohl bald in sich zusammenfallen. Staendig gehen die Toilettenspuelungen kaputt, 3 Mal hatte ich schon Rohrbrueche.

Wenn die Kleider im Schrank zu dicht haengen, setzen sie Schimmel an. Schuhe schimmeln, wenn sie eine Zeitlang nicht getragen werden. Ledertaschen und Guertel sowieso.

Holz wird von einer Art Termiten befallen, Metall rostet. ueberall.

Bei meinem großen Locher fuer Zeitschriften ist ein Locherstab durchgerostet, so dass er nicht mehr funktioniert.

Papier und Pappe wird von winzigen Tierchen heimgesucht. T-Shirts die gefaltet im Schrank liegen, bekommen haeufig viele kleine Löcher, ob von kleinen Ameisen oder anderen Tieren weiß ich nicht.

Das ist zwar alles aeußerst laestig und bereitet viel zusaetzliche Arbeit, aber mit der Zeit gewöhnt man sich daran. Man kann es ja doch nicht aendern. Das feucht/heiße Klima ist eben unwahrscheinlich aggressiv. Und was vom Klima nicht angegriffen wird, wie z.Bsp. Porzellan, das schafft dann die Haushaltshilfe.

Gerade kommt ein Mann an meinem Schlafzimmerfenster vorbei. Wir wohnen in der 8. Etage!

Die Außenfassade des Hauses wird seit 4 Wochen reno-
viert. Jetzt hat er sich auf einen umgekippten Eimer gestellt,
um an die höheren Stellen zu kommen.
Er ist nicht angeseilt!
Ich hab ein paar Fotos gemacht.
Das waere dann das Thema "Sicherheitsbewusstsein".

Handschriftlich hinzugefügt:
Fahrt Ihr in diesem Jahr nach Afrika?
Wir sind ab dem 18. Juni in Duisburg. Da die Ferien später
anfangen, können wir uns sicher noch sehen.

Viele Grüße

    Silvia

Ordnung muss sein

Als meine Mutter „Rundbrief Nr. 5" handschriftlich auf die Briefe schrieb, erinnere ich mich noch genau, wie sie unter die Überschrift der Briefe zwei Linien professionell mit dem Lineal zog. Das faszinierte mich ungemein. Es sah nach echter Arbeit aus.

Hosenröcke und Hosen als Bestandteile der Schuluniformen für Mädchen wurden ein paar Jahre später eingeführt. Es ist also doch jemandem aufgefallen!

In Panama ist die Straße für Autos gedacht. Es gibt keine richtigen Bürgersteige oder Fahrradwege wie in Deutschland. Die Panamaer gehen zum „Causeway" und in Parks, zum Beispiel in den „Parque Hector Gallego", in welchem übrigens auch unser vorletzter Vermieter erschossen wurde, um spazieren zu gehen und Fahrrad fahren zu können. Dort verbringen sie auch die Wochenenden und grillen und tanzen am Auto oder auf der Wiese mit Musik aus riesigen Ghettoblastern. Zumindest war das so in den 90ern.

An dieser Stelle gilt es noch zu erwähnen, dass dem aufmerksamen Leser sicherlich aufgefallen ist, dass wir zum Zeitpunkt des Rundbriefs Nr. 5 bereits mehr als zwei Jahre in Panama lebten. Es sollten noch weitere drei Jahre werden. Wir blieben bis zum Sommer 1997 in Panama, da das Projekt meines Vaters bis dahin verlängert wurde.

Meinem Vater wurde der Orden „Vasco Núñez de Balboa" – benannt nach einem spanischen Entdecker, Konquistador und Abenteurer - verliehen. Als erster Europäer erblickte Vasco Núñez de Balboa im Jahr 1513 den Pazifischen Ozean vom amerikanischen Kontinent aus.[2] Der Orden wurde ihm vom Präsidenten von Panama für seine außerordentliche Leistung, das duale System der Ausbildung einzuführen und typische Männerberufe für Frauen zugänglicher zu machen, verliehen.

Croissants

Wir waren wegen einiger Sachen nach ein paar Jahren beliebt in der Schule - mein Bruder zunächst mehr als ich, aber das ist ein anderes Thema. Dazu im Kapitel „Interkulturelle Außenseiter?" mehr.

Wir waren beliebt wegen der Croissants von Mr. Pan. Nicht irgendein Mr. Pan - nein - der Mr. Pan, der im selben Stadtteil wie unser Aikido-Trainingsplatz lag, zu dem unsere Mutter eine halbe Stunde mit dem Auto fahren musste und die gleiche Strecke durch schrecklichen Verkehr gefühlt doppelt so lange wieder zurück nach Hause. Sie scheute keine Mühen, um zu dem Mr. Pan zu gelangen, der die besten Croissants ganz Panama Citys buk. Warum meine Mutter die Croissants nicht vor oder nach dem Aikido-Training gleich mit besorgte, sondern dort an einem Wochentag morgens extra für hin- und zurückfuhr, weiß ich nicht.

---

[2] https://de.wikipedia.org/wiki/Vasco_N%C3%BA%C3%B1ez_de_Balboa, 29.09.2018

Ich war einmal mit und eine Mitarbeiterin von Mr. Pan begrüßte mich herzlich mit: „Das ist Ihre Tochter, wie hübsch, so grüne schöne Augen hat sie!" - natürlich das Ganze auf Spanisch. Ich kann mich bis heute an die peinliche Berührtheit, aber auch den Funken Stolz auf meine grünen Augen erinnern.

Zurück zum Croissant, quatsch – 40 Croissants pro Woche kaufte meine Mutter dort ein. Sie war allseits bekannt dort, da so etwas sonst nicht vorkam. Mal ein oder zwei, vielleicht auch vier, aber dass jemand direkt 40 auf einmal kaufte, das machte nur eine, und zwar meine Mutter. Neue Mitarbeiter fragten sie dann: „Was, vier Croissants?!" Meine Mutter entgegnete dann: „Nein, immer noch 40, bitte!"

„Wofür 40 Croissants?", fragt man sich vielleicht.

Die gingen weg wie geschnitten Brot. Wir haben sie nach dem Kauf für die ganze Woche eingefroren und unsere Ration jeweils für den Tag wieder aufgetaut. Mein Bruder und ich haben jeweils zwei für die Schule mitbekommen. Das waren schon mal vier montags bis freitags, zwanzig insgesamt pro Woche, die anderen zwanzig wurden so von uns vieren verputzt.

Hatten wir denn überhaupt noch Lust auf Croissants am Ende des Tages, wenn wir schon welche in der Schule gegessen hatten?

Der Trick war: In der Schule haben wir sie meistens nicht ganz gegessen. Wir haben die Ecken - den weniger exquisiten Teil des Croissants - getauscht gegen im besten Fall einen Teller original koreanisches, selbstgemachtes Sushi und diverse andere Leckerbissen.

Wenn wir von der Schule nach Hause kamen, konnten wir die restlichen Croissants, die wir noch im Tiefkühlfach hatten, selber essen. „Gutes Tauschgeschäft!", würde ich sagen. Wir durften immer wieder aufs Neue kulinarische Kostbarkeiten aus aller Welt von vielen aus der Schule probieren. Das war toll!

Andere Eltern haben unsere Mutter gefragt, wo sie die Croissants her habe. Sie hat ihnen erzählt wo, aber kein anderer wollte den weiten Weg mit dem Auto auf sich nehmen, daher stand der Kurs stets hoch für eine Ecke oder geschweige denn das Mittelstück von einem unserer heißgeliebten Croissants. Hier kamen uns die Prinzipien der Marktwirtschaft zugute.

Panama September 8, 1995

Silvia Trentmann - Nuñez
C/O Deutsche Botschaft Panama
Postfach 1509
53275 BONN

Rundbrief Nr. 6

Liebe Friedmanns!

Heimflug aus dem Heimaturlaub…

1. August: 5 Uhr aufstehen, Auf dem Weg zum Flughafen informiert uns mein Schwager ueber Hurricanewarnungen fuer Miami.

Wir koennen in diesem Moment noch nichts Richtiges damit anfangen. Am Flughafen sieht alles wie sonst aus. Wir stellen uns an zum Einchecken.

6:45 Uhr

Als wir an der Reihe sind, teilt uns der Angestellte freundlich mit, er koenne uns nicht abfertigen, da unser Weiterflug nach Miami gestrichen sei.

Was nun?

Informationsschalter. Warten. Pedro findet einen anderen Schalter, der nicht so belegt ist. Offensichtlich haben mehrere Leute die gleichen Probleme. Kein Mensch von der Lufthansa haelt es fuer noetig, die zum Einchecken bereitstehenden Personen zu informieren oder in irgendeiner anderen Art und Weise behilflich zu sein. Man steht da schließlich mit seinem gesamten Gepaeck und den Kindern.

Keine Durchsage, nichts. Sie lassen einen erst mal anstehen.

Zeit zum Aufregen bleibt uns allerdings nicht, wir muessen jetzt erst mal sehen, wie es fuer uns weitergeht. Waehrend des Wartens schießen uns allerlei Gedanken durch den Kopf: Zurueck nach Duisburg? Wir haben alle Schluessel abgegeben, mein Schwager ist direkt zur Arbeit gefahren.

Ungefaehr um 07:15 Uhr bekommen wir endlich eine Information. Lufthansa ist fuer gar nichts verantwortlich, Hoehere Gewalt. Das faengt ja gut an!

Sie sieht in ihrem Computer nach, was sie fuer uns tun kann. Nach einer Weile kommt folgender Vorschlag: Am 3. August! ueber London, Boston, LA, die genaue Route weiß ich leider nicht mehr, es war in jedem Falle atemberaubend.

Wir teilten ihr nochmals mit, dass wir nicht auf die Route ueber Miami festgelegt seien, wir koennten ueber jede andere Stadt Mittelamerikas oder der suedlichen USA, die eine Verbindung zu Panama hat, reisen. Wir schlugen Caracas vor.

Da muessten wir unseren Anschlussflug selbst bezahlen, teilte die Dame uns mit. Von Miami aus waeren wir mit American Airlines geflogen.

Mir fiel ein, dass ich in Panama Reklame fuer Verbindungen ueber Houston gesehen hatte. Wie es denn mit Houston, Atlanta oder irgendeiner anderen Stadt im Sueden der USA aussaehe?

Das war die Loesung! in 15 Min wuerde die Zubringermaschine nach Frankfurt starten. Sie rief am Gate an, sie sollten auf uns und unsere Koffer warten. Die Tickets koenne sie jetzt nicht mehr umschreiben, das sollten wir aber in Frankfurt machen lassen. Sie gab uns einen Computerauszug ueber unsere Verbindungen mit.

Ab zum Flugsteig mit all unserem Gepaeck. Die Maschine war voll. Auf meinem und Lisas Platz saß bereits eine Frau mit Kind. Ein freundlicher Herr setzte sich um, so dass auch Lisa neben mir sitzen konnte.

Ich besah meinen Computerauszug genauer und stellte fest, dass wir in Frankfurt nicht allzu viel Aufenthalt hatten. Zudem bekam das Flugzeug noch eine Außen Position, so dass wir mit dem Bus fahren mussten. Wo ist hier ein Ticketschalter?

94

Der vierte war es dann, nachdem ich schon beim Dritten eine Weile angestanden hatte. Wieder keinerlei helfende Hinweise, keine Durchsage, obwohl man ja dieses Genuschel sowieso kaum versteht. Man rennt erst mal kilometerweit durch die Gaenge. Wenigstens hatten wir nur noch Handgepaeck.

Besagter Ticketschalter war vollkommen ueberfuellt, es ging im Schneckentempo vorwaerts. 30 Min bis zum Start! Pedro versuchte es inzwischen an leeren Schaltern. Nein, sie seien nicht zustaendig. Ob sie nicht sehen wuerden, dass es eilig sei, wir wuerden vielleicht unseren Flug verpassen. Das ginge 200 Leuten so, war die Antwort.

20 Min bis zum Start! Als ich mich gerade entschlossen hatte, ohne umgeschriebene Tickets zum Flugsteig zu gehen, kam Pedro mit dem gleichen Vorschlag vom Schaltermenschen. Schließlich waren wir ja schon von Duesseldorf aus auf diesen Flug gebucht.

Wieder im Galopp zum Flugsteig. Rappelvoll, Leute mit all ihrem Gepaeck, so wie wir in Duesseldorf, banges Warten, was ist mit den Plaetzen? Wenn ich daran denke, dass ich seit Januar die Plaetze reserviert hatte! Und jetzt?

Nach einer Weile erfuhren wir, dass wir zwar keine Plaetze zusammen bekaemen, aber alle Business-class. Immerhin. Im Flugzeug schaffte es eine Stewardess noch, Lisa neben mir zu platzieren. Pedro und Samuel saßen bei den Rauchern. Bei einer Flugzeit von fast 12 Stunden `Frankfurt-Dallas´, ist es schon ganz angenehm, wenn man seine Beine etwas ausstrecken kann und wenn kein Fremder neben einen gequetscht ist. Da haben wir uns erst mal verwoehnen lassen. Die Kinder haben ein Video nach dem anderen geguckt. Ich konnte sogar ein bisschen schlafen.

In Dallas 45 Min Aufenthalt im Transitraum. Abendstunde in Deutschland, aber man konnte noch anrufen. Ich muss gestehen, es ist mir nicht gelungen. Immer wenn ich 0049 waehlte, schaltete sich irgendein Automat ein, dessen Botschaft ich nicht richtig zu deuten wusste. Falls ich einen Operateur sprechen wollte, sollte ich irgendein bestimmtes Zeichen von mir geben. Ich wollte aber keinen Operateur, ich wollte lediglich, so wie von Deutschland aus, direkt ein anderes Land anwaehlen.

Das war tatsaechlich nicht moeglich. Es stellte sich heraus, dass ich mindestens 9 Dollar in 25-Cent Muenzen haette einwerfen muessen, um mich mit Deutschland verbinden zu lassen.

Nach einer weiteren knappen Stunde Flug landeten wir in Houston, wo wir in einem maeßigen, dafuer aber nicht billigem Hotel unterkamen. Bis zum Weiterflug am naechsten Tag schafften wir es noch, einen Einkaufsbummel, fuer uns inzwischen schon mitten in der Nacht, und am naechsten Morgen einen Museumsbesuch, von dem wir alle sehr beeindruckt waren, zu absolvieren.

Zur Mittagszeit fanden wir uns dann wieder am Flughafen ein. Erster Schreck: Unsere Weiterflugtickets hatte Lufthansa in Frankfurt herausgenommen, ohne uns zu informieren. Zur anderen Seite des Flughafens, eine freundliche Dame von KLM holte eine Lufthansa-Kollegin. Samuel bewachte waehrenddessen unser Gepaeck am Continental-Schalter.

Mit unseren neuen Tickets gaben wir nun unser Gepaeck am Continental-Schalter auf. Erleichtert machten wir uns auf den Weg zum Flugsteig. Bald wuerden wir in Panama sein! Pass- und Handgepaeckkontrolle, danach laufen, laufen, laufen. Aber wir hatten ja noch mindestens 1 Stunde bis zum Abflug.

Am Flugsteig sagte uns die Dame dann, das Flugzeug sei voll. Ich entgegnete, wir seien bereits seit 2 Tagen von Duesseldorf aus im Computer. Daraufhin entgegnete sie, der Flug sei seit 3 Tagen ueberverkauft. Dazu muss man wissen, dass ich mich bei der Ankunft am Tag vorher am Continental-Schalter vergewissert hatte, dass mit unserem Flug alles in Ordnung ist.

Ich bemerkte ein Schild mit dem Fluggaeste aufgefordert wurden, ihre gekauften Tickets gegen gute Entschaedigung fuer diesen Flug anderen zu ueberlassen und am naechsten Tag zu fliegen. Am Schalter lagen Tickets von ungefaehr 20 Leuten, die alle auf einen Platz warteten.

Die Sache hatte wohl System. Wir wurden aufgefordert, den Schalter zu raeumen. Alle Aufregung nutzte nichts. Es wurden die Leute mit bestaetigten Tickets abgefertigt.

Da nehmen sie unsere Koffer an, lassen uns Kilometer bis zum Flugsteig wandern und dann das!

Wir setzten uns also erst mal. Pedro ging ab und zu zum Schalter und versuchte Druck zu machen. Etliche andere Passagiere ebenso. Pedro erreichte, dass eine Person von Lufthansa zum Schalter kam. Die Passagiere mit guten Tickets wurden nach und nach ins Flugzeug gebeten. Die Spannung stieg! Einige der Wartenden durften auch ins Flugzeug. Einige Passagiere wurden aufgerufen. Immer wenn diese nicht auftauchten, wurden deren Plaetze vergeben. Mich beschlich langsam das ungute Gefuehl, dass wir mit 4 Personen keine Chance haetten. Mein Gefuehl sollte sich bestaetigen, die Tueren schlossen sich, wir blieben sitzen.

Was jetzt? Wo waren unsere Koffer? Wir hatten Hunger. Die Kinder holten sich Pizza, ich aß die halbe Tafel Schokolade, die Lisa fuers Kaninchenfuettern bekommen hatte. Die Lufthansafrau war mit unseren Sachen zu ihrem Schalter gegangen. Als die Kinder aufgegessen hatten, trotteten wir hinterher. Dort hatten sie schon unsere Tickets fuer den naechsten Tag fertig. Eine zentralamerikanische Gesellschaft, TACA. Dazu bekommen wir noch Gutscheine fuer das Flughafenhotel, das war uns sehr recht, denn wir hatten keine Lust mehr, uns noch irgendwohin zu bewegen.

Doch zuerst mussten wir noch unsere Koffer abholen! Nach einer weiteren Stunde waren wir dann endlich im Hotel.

Dort ließen wir es uns erst mal gutgehen. Zum Abendessen begaben wir uns in die oberste Etage des Hotelturmes. Wir stellten fest, dass wir alle zum ersten Mal in einem sich drehenden Restaurant waren. So bekamen wir den gesamten Flughafen zu Gesicht. Und einen schoenen Sonnenuntergang.

Am naechsten Morgen konnte ich zwar Flugnummer und Abflugzeit auf der Bildschirmanzeige im Hotelzimmer richtig entnehmen. Als Zielort war jedoch nicht Panama, sondern San Salvador angegeben. Es stellte sich heraus, dass wir in einem "Bummelflugzeug" unterwegs sein wuerden.

Erste Landung: Belize City/Belize. Trockener als Panama. Niedrigere Vegetation. Wir blieben im Flugzeug. Es stiegen nur Passagiere aus. Sie gingen ueber das Rollfeld zu der Abfertigungshalle.

San Salvador. El Salvador: Anflug ueber Sumpfgebiet. Eine knappe Stunde Aufenthalt im Transitbereich. Wir schlenderten durch die Geschaefte und bewunderten einmal mehr das schoene Kunsthandwerk.
Im neuen Flugzeug ging es dann weiter nach San Jose/ Costa Rica. Bei der Landung war es schon dunkel. Wieder konnten wir in der Maschine sitzen bleiben. Dann schließlich, nach 3 einhalb taegiger Reise Panama City/Panama.

Der Taxifahrer teilte uns waehrend der Heimfahrt mit, am naechsten Morgen beginne ein Generalstreik. Na, wunderbar!

Morgens konnte Pedro nicht zu seiner Arbeitsstelle gelangen. Die wichtigsten Straßen waren blockiert. So viel Gewalt hatte ich bis dahin hier noch nicht gesehen. Es flogen dicke Steinbrocken, Molotowcocktails, Polizeifahrzeuge wurden angezuendet.

Kurz nachdem die Polizei eine Kreuzung geraeumt hatte, wurde sie wieder besetzt. Wir saßen den ganzen Tag vor dem Fernseher und versuchten, so viel und so genaue Informationen wie moeglich zu bekommen. Zum Glueck konnten wir uns in einem Supermarkt in der Naehe mit den noetigsten Lebensmitteln versorgen.

Die folgende Woche verbrachten wir dann vorwiegend zu Hause, Pedro schaffte es, zu seiner Arbeitsstelle zu gelangen, aber man musste immer genau ueberlegen, wo und wie man sich bewegen konnte, um nicht etwa in einen Riesenstau oder sogar in direkte Unruhen zu kommen.

Traurige Bilanz: viele Verletzte und 4 Tote.

Ich begann, unsere Erlebnisse im Computer festzuhalten. Mitten in der Arbeit senkte sich der Text nach hinten bis zur Mitte ab, so als ob er auf einem Papier geschrieben waere. Ich versuchte noch mit der Maus irgendwie den File zu erwischen, um den Text zu sichern, doch es gelang mir nicht.

Nach einer guten Woche war der Computer repariert. Er hatte zum Glueck noch Garantie, da wir ihn erst im Maerz gekauft hatten. Ich ueberlege inzwischen bei jedem Gegenstand, den wir uns vielleicht kaufen werden, wie lange er wohl haelt.

Vor ein paar Tagen ist der mit Wasser gefuellte Putzeimer auseinandergebrochen. Das Wasser ergoss sich zum Glueck nur ueber den Flur und nicht ueber die Teppiche im Wohnzimmer.

In diesem Zusammenhang:

Nachtrag zum Buegeleisen:

Die zweite Schnur vom zweiten Buegeleisen musste erneuert werden. Nach drei Wochen war der Stecker kaputt. Diesmal fiel die Reparatur sogar in die Garantiezeit von sage und schreibe einem Monat!

Vier Tage telefonierte ich hinter meinem Stecker her, bis ich das Buegeleisen endlich abholen konnte.

Als sich dann aber nach einer Woche die Teflonbeschichtung abzuloesen begann, die weißen Oberhemden schwarze Streifen bekamen, gab ich es endgueltig auf.

Ich habe jetzt mein drittes Buegeleisen, ohne Teflon, wir werden sehen.

Ein kleines Erlebnis am Rande:

Pedro ist z.Zt. in Guatemala. Er gab mir seine Telefonnummer an und ich erreichte ihn zweimal unter dieser Nummer. Beim dritten Mal jedoch ertoente immer eine Stimme, die mir mitteilte, diese Nummer existiere nicht. Seltsam.

Im Telefonbuch fand ich als Vorwahl fuer das Land 02 und fuer die Stadt Antigua 32. Ganz andere Nummern, als ich sie hatte. Die Verbindung klappte trotzdem nicht.

Pedros Sekretaerin konnte mir am naechsten Morgen auch nur die Nummer mitteilen, die ich schon hatte. Die Auskunft sagte mir dann, die Vorwahl sei 022. Das koenne nicht stimmen, erwiderte ich, im Telefonbuch stehe 02. Ob es falsch im Telefonbuch stehe, fragte ich. Nein, es sei schon richtig, aber die Nummer sei 022. Immer sagte mir die Dame: Mi Amor, ich sage dir, die Vorwahl von Guatemala ist 022. Irgendwann erwaehnte ich dann, dass Antigua laut Telefonbuch 32 hat.

Das sei ja etwas anderes, sie sei davon ausgegangen, dass ich in die Stadt Guatemala anrufen wollte. Wir schlugen beide das Telefonbuch auf. Die komplette Vorwahl sei jetzt 02932 meinte sie. Ich fragte, wo denn die 9 ploetzlich herkomme.

Diese Nummer komme dazwischen, wenn man in eine andere Stadt außer nach Guatemala Stadt anrufen wolle. Wo denn diese Nummer im Telefonbuch stehe, erkundigte ich mich. Ja, sie sei wohl nicht drin.

Abends konnten die Kinder dann auch endlich Papa ihre Erlebnisse der letzten Woche mitteilen. Wie ich trotz offensichtlich falscher Nummer zweimal Pedro erreichen konnte, ist mir bis heute schleierhaft.

Schule II

Uebers Wochenende ist der Direktor spurlos verschwunden.

Er hatte seine Wohnung leergeraeumt, lag direkt gegenueber der Schule, einen Brief an die Lehrer geschrieben, in dem er erklaerte, er habe zu viele Probleme in der Schule gehabt und komme nie mehr wieder, diesen Brief am Freitag nachdem alle weg waren in die Faecher verteilt und am Montag gab´s keinen Direktor mehr. Auch gut, nicht?

Er hieß uebrigens Mc Oneggan, kam aus England und sein Lieblingsspruch lautete: "If you do something, do it properly". Damit hatte er natuerlich den Maedels und Jungen eine Fuelle von Anlaessen gegeben, ihn ordentlich zu veraeppeln. Besonders wenn sie seinen Spruch uebertrieben britisch aussprachen. Muss man denn auch unbedingt noch wenn die Schueler schon nach Hause gehen darauf achten, dass das Uniformhemd auch in der Hose steckt?

Man merkt wohl, wie ich es genieße, dass mal ein Schulleiter das Handtuch geworfen hat, besonders nach meinen Erfahrungen in Deutschland. Das ist eben ein Vorteil von Privatschulen.

Handschriftlich hinzugefügt:
Viele liebe Grüße senden Euch die Nuñezs. Wir hoffen, Ihr seid alle wieder gesund und munter aus dem heißen Afrika zurückgekehrt. Aber das liegt ja nun schon wieder so lange zurück, da könnt Ihr Euch ja vielleicht gar nicht mehr richtig dran erinnern? Pedro ist ständig unterwegs, und wenn er hier ist, muss er erst wieder alles "nachholen" (bei der Arbeit). Eine Grippewelle hat halb Panama erwischt. Samuel liegt als jüngstes Opfer mit hohem Fieber im Bett. Wir freuen uns schon fast wieder auf den nächsten Heimaturlaub, bis spätestens dann, viele Grüße,

Silvia

Fliegende Schuhe

Ich erinnere mich noch an das tolle Raumfahrtmuseum in Texas - Space Center Houston. Wir waren wirklich begeistert. Samuel hatte in der Shoppingmall Turnschuhe bekommen, die ihm kurz darauf in Panama in der Schule geklaut wurden.

Die Flüge von Panama nach Deutschland und zurück waren oftmals mit sehr viel Stress verbunden. Ich bin so oft geflogen, dass ich seit drei Jahren gar nicht mehr fliegen möchte. Früher konnte man die Familie Nuñez und mich als Vielflieger bezeichnen. Wir kannten uns aus mit Langstreckenflügen, unzähligen damit verbundenen Zwischen-Stopps und Pleiten, Pech und Pannen rund ums Fliegen. Heute habe ich auf den Stress keine Lust mehr.

Rundbrief Nr. 6 beschreibt sehr schön, wie Panama funktioniert. Das Motto in Panama lautet: „Juega Vivo!". Das heißt wörtlich übersetzt „Spiele lebendig!" Es meint, dass das Leben ein Spiel ist und man mit Mut (ab und zu auch mit Dreistigkeit) mitspielen soll. Die Geschichte über das Bügeleisen und seine Garantie ist ein gutes Beispiel dafür. Die Anrede „Mi Amor" („Meine Liebe") darf aber bei jedweder Diskussion, Auseinandersetzung oder sonstiger zwischenmenschlicher Begegnung nicht fehlen.

Fliegende Schuhe II oder Armut

In El Chorillo, einem der Armenviertel in Panama durch das man auf dem Weg zum Ausflugsziel Cerro Ancón – einem 199 Meter hoher Hügel mit Blick auf Panama City - fuhr, hingen Schuhe über den Stromleitungen.

Mir war nie klar, warum die Schuhe dort oben hingen, jedoch gab mir Google zahlreiche Erklärungen dafür. Was mir am plausibelsten erschien, war, dass mit ihnen Territorien abgesteckt wurden. Rivalisierende Gangs und Drogenhändler markierten so ihre Gebiete.

Ganz schön viel Kriminalität in dem Viertel. Nicht verwunderlich, dass uns unsere Eltern immer wieder, bevor wir durch diese Gegend fuhren, Bescheid gaben, unsere Fenster hochzufahren, und von innen das Auto abschlossen.

Dies war keine übertriebene Maßnahme von überängstlichen Eltern und Expats, sondern eine realistische Einschätzung der Gefahr.

Auf dem Cerro Ancón angekommen, war die Sorge vor einem Überfall vorüber und ich entdeckte meinen ersten „Armadillo" - Gürteltier - und machte direkt mal ein Foto davon. Auf dem Cerro Ancón konnte man gut Schlangen, Spinnen, besonders große Bäume und Affen sichten. Es war wirklich ein schöner Berg mit einem Naturpfad mitten in einer gefährlichen Gegend.

Es war nie was los dort oben und man konnte in der Natur herrlich die Stadt und ihre geschäftige Seite hinter sich und einfach mal die Seele baumeln lassen.

Unfalltote

Samuel und ich fuhren jeden Morgen mit dem Schulbus zur Schule, der uns immer um die gleiche Uhrzeit von zu Hause abholte. Die Fahrt war immer lang und unangenehm.

Eine Mitschülerin hat sich jeden Morgen und/ oder Nachmittag im Bus übergeben. Sie hatte nie eine Tüte dabei und ließ sich auch nicht davon überzeugen, eine zu benutzen. Sie brach direkt in den Bus „wohin auch immer" und so stank es in der Hitze und durch die Klimaanlage im ganzen Bus bestialisch nach Erbrochenem.

Seitdem fahre ich nur sehr ungern Bus und beim Thema Übergeben bin ich generell raus bzw. ich habe panische Angst davor.

Um das Brechen geht es aber in diesem Abschnitt nicht, sondern um das Busfahren und ein besonders schlimmes Erlebnis: Eines Morgens fuhren wir durch besonders dichten Verkehr.

Viel Verkehr und Chaos auf den Straßen war in Panama normal für diese Uhrzeit. Doch an dem Tag war es noch schlimmer als sonst. Irgendwann rochen wir plötzlich durch die Klimaanlage etwas Verbranntes.

Der Busfahrer, der bei uns sehr beliebt war und von allen nur Safa genannt wurde, dachte zunächst, es wäre etwas an unserem Bus kaputt. Doch dann hörten wir aus der Ferne Sirenen aufheulen. Kurze Zeit später fuhren wir an einem ausgebrannten Schulbus vorbei, sahen auf verkohlte Leichen und rochen den Gestank, da wir nun die Fenster öffnen mussten.

Dieses Bild wird mir wahrscheinlich für immer im Kopf bleiben. Eine nicht abgesperrte Unfallstelle mitten auf einer Hauptverkehrsstraße, wo jeder dran vorbeifährt, wäre in Deutschland undenkbar. Der Bus brannte nicht mehr, aber qualmte noch.

Silvia Trentmann-Nuñez
DEUTSCHE BOTSCHAFT PANAMA
POSTFACH 1508
53275 Bonn
Geschrieben und
wieder aufgeschrieben
zwischen Januar 1995
und Januar 1996

Neue Telefonnummer: 2262487

Rundbrief Nr. 7

Liebe Ursula! Lieber Rolf!
Liebe Bine! Lieber Tom!

Etwas verzögert durch zwei Unfälle (ich hatte kurz vor Weihnachten einen Bänderriß, Samuel hat sich am 13! Januar beim Rollschuhfahren Elle und Speiche komplett durchgebrochen. Zum Glück im Unglück war es der linke Arm und es sind noch zwei Wochen Ferien. Der Gips geht bis an den Oberarm hoch und ist sehr schwer. Das wird noch spannend, wenn die Schule wieder angefangen hat und er sich morgens waschen und anziehen muss!)

Doch bereits davor mußte ich alles noch einmal schreiben. Der Brief war fertig zum Ausdrucken, da wurde durch einen dummen Zufall alles gelöscht.

Ich musste runter von der Festplatte, hatte alles auf Diskette, keine Sicherheitskopie, obwohl ich darum gebeten hatte, da machen sie mir meine Diskette kaputt!
Jetzt schreibe ich wieder auf C.

Wenigstens erinnere ich mich noch an einiges, weil ich es schon fertig korrigiert hatte.

Ein ausführliches Kapitel betraf den

Regen

Mindestens während neun Monaten des Jahres regnet es hier. Natürlich nicht ununterbrochen, aber spätestens jeden zweiten, dritten Tag und dann häufig sehr heftig. Es gibt keine Jahreszeiten, nur die Regenzeit und die leider viel zu kurze Trockenzeit. Heute ist der 15. Dezember und in der vergangenen Woche hat es jeden Tag geregnet, zweimal mussten wir sogar Wasser schöpfen oder aufwischen, das durch die Fenster oder unter der Tür eingedrungen war.

Es ist erstaunlich, wie unvorbereitet die Menschen diesem sich seit ewigen Zeiten wiederholenden Naturvorgang gegenüberstehen. Sobald es etwas stärker regnet, und das geschieht ziemlich häufig, stellt man sich unter, bleibt man im Haus, steuert man mit seinem Auto einen überdachten

Parkplatz an. Ist man in einem Gebäude, so bleibt man dort. Wenn es regnet, werden Termine nicht eingehalten. Regen ist immer eine ausreichende Entschuldigung. Bei jedem etwas stärkeren Guß bleibt auf diese Weise nahezu das gesamte Leben paralysiert.

Für den persönlichen Schutz gegen Regen gibt es kaum etwas. Selten hat jemand einen Schirm dabei. Regenmäntel und Gummistiefel sind wahrscheinlich zu warm, in jedem Fall aber zu unfein. Eine eigene, den warmen Regen angepasste Erfindung, ist wohl noch nicht gemacht worden.

Dieser persönlichen Nichtvorsorge entspricht eine ziemlich grosse Nachlässigkeit seitens des Staates. Daß es hier des Öfteren wie aus Eimern schüttet, scheint in keine Planung mit einbezogen worden zu sein.

Das Kanal- und Drainagesystem ist völlig unzureichend. Beim Bau eines Gebäudes versucht man, das Eindringen des Wassers in die untere Etage zu verhindern. Man setzt das Fundament z.Bsp. etwas höher. Hauptsache, die eigenen vier Wände bleiben verschont. Auf diese Weise fließt das Wasser von einem Grundstück auf das etwas tiefer liegende, von dort aus vielleicht auf die Straße, über das nächste Grundstück, bis es irgendwo einen Abfluß findet.

Da die Stadt auf einem recht hügeligen Gelände liegt, ergießen sich wahre Bäche über einige Straßen. In den Senken staut sich das Wasser meterhoch, die Wohngebiete in flachen Lagen werden regelmäßig überflutet.

Eine ganz natürliche Entwässerung bildeten wohl früher die Bäche, die das Stadtgebiet durchziehen und im Meer münden. Diese sind leider inzwischen zu Kloaken verkommen. Häufig werden sie als Müllkippe mißbraucht.

Dies führt dann bei starkem Regen an Engpässen zu Verstopfungen und die Bäche treten über die Ufer.

Die armen Teufel, die sich ihre Hütten an den Ufern dieser Bäche errichtet haben, weil nirgendwo sonst Platz für sie war, verlieren dann obendrein einen Großteil ihrer Habe.

Ohnehin ist von den regelmäßig auftretenden Überschwemmungen fast ausschließlich die arme Bevölkerung betroffen. Vor einigen Wochen waren zum ersten Mal Häuser und Geschäfte der Reichen betroffen.

Für den Bau einiger neuer Hochhäuser hatten sie doch tatsächlich ein Flüßchen einbetoniert, so daß das Wasser noch langsamer abfloß und eine wichtige Kreuzung (50 te) samt anliegender Geschäfte und Wohnungen überflutete. Am nächsten Tag erzählte man uns, daß jemand gerade noch rechtzeitig aus seinem Auto flüchten konnte, bevor dieses in den Fluten versank. Nicht weit von uns entfernt, gegenüber dem Hotel Ceäsar Park, schwammen die Autos in den Einstellplätzen.

In diesem Zusammenhang möchte ich noch schnell erzählen, wie ich eine Seitenstrasse der Via Argentina bei Regen überquerte:

Ich wollte in einem Reisebüro auf der Via Argentina Tickets abholen. Es regnete. Beim Aussteigen nahm ich den Schirm aus dem Auto mit. Die Tickets waren (natürlich) noch nicht fertig, obwohl ich vorher angerufen hatte und eigentlich die fertigen Tickets nur abholen sollte. Auch wollte ich anschliessend noch etwas anderes erledigen. Nun gut, so wartete ich eben. Ständig von Telefonanrufen unterbrochen, arbeitete die Dame auf die Fertigstellung der Tickets hin. Draußen regnete es weiter. Es blitzte und donnerte. Aber ich hatte ja meinen Schirm.

Nach einer Dreiviertelstunde konnte ich die Tickets einstecken. Ich nahm meinen Schirm und spannte ihn draußen vor der Tür auf. Als ich mich zum Losgehen anschickte, sah ich die Bescherung:

Zunächst traute ich meinen Augen nicht, doch das Wasser hatte tatsächlich die Bordsteinkanten erreicht und spülte bereits über den Bürgersteig. Dazu muß man wissen, daß die Bordsteine hier gut 30 cm hoch sein können. Die Straße geht bergauf und von oben schossen die Wassermaßen, da sie keinen Abfluß fanden, immer weiter die Straße hinunter. Mein Auto stand in der nächsten Seitenstraße unterhalb. Diese mußte ich überqueren.

Dazu hätte ich besser ein Boot gebrauchen können.

Was nun?

Die übrigen Fußgänger hatten sich sämtlich an die umliegenden Häuserwände gequetscht, um so von den schmalen Vordächern wenigstens obenherum geschützt zu werden. Die untere Körperhälfte wurde sowieso gnadenlos von dem herabplatschenden Wasser (Regenrinnen sind weitgehend unbekannt) und vom Sprühregen getroffen.

Ich krempelte die gute helle Hose bis zu den Knien hoch. Dann wartete ich, bis sich kein Auto mehr näherte, denn diese verursachten, obwohl sie äußerst langsam fuhren, einen enormen Wellengang.

Die rötlich-braunen Fluten vor mir führten sämtlichen Unrat, den sie von den Straßenrändern entreißen konnten mit sich. Wie tief mochte hier die Straße wohl sein? Ich überwand mich und stapfte vorsichtig unter den (belustigten?) Blicken der an die Häuserwände gequetschten, Schirm in der einen, Tasche in der anderen Hand, zum gegenüberliegenden Bürgersteig.

Vom Auto aus goß ich das Wasser aus meinen Schuhen und fuhr Barfuß nach Hause.

Meine andere Besorgung konnte ich wieder mal für diesen Tag vergessen.

Kopieren

Rundbrief Nr. 6 kopierte ich wieder in einem Kopierladen. Die Seiten hatte ich nummeriert und erklärte der Bedienung, wie ich jeweils die Vorder- und Rückseite zusammen haben wollte. Sie verstand sofort und nach einer Weile kam sie mit einem Stapel Kopien zurück. Ich wunderte mich, daß die Papiere alle so seltsam versetzt zusammenlagen.

Dann merkte ich, daß schon jeder Brief komplett zusammengelegt war, so daß ich sie einfach nach und nach vom Stapel nehmen konnte. Und das in Panama! Das war mal eine äußerst angenehme Erfahrung.

Stadtplanung,

Von deren Existenz man wenig bemerkt

In den vier Jahren unseres bisherigen Aufenthaltes in Panama haben wir einen gewaltigen Bauboom miterleben können.

Dabei bekommt man den Eindruck, daß die Bauwirtschaft hier nach Belieben schalten und walten kann.

Kaum ist ein Hochhaus mit Blick aufs Meer fertiggestellt und die ersten Wohnungen verkauft, wird direkt vor dem Haus, auf dem winzigen Stückchen zwischen Haus und Meer ein noch höheres Hochhaus hochgezogen, die Menschen in dem ersten Hochhaus haben nur noch einen Teilblick aufs Meer, dafür aber den ganzen Tag Baulärm.

Das Bild ganzer Stadtteile hat sich drastisch geändert, vollkommen neue Stadtteile sind entstanden. Mehrere neue, riesige Einkaufszentren wurden auf die grüne Wiese gesetzt, oder auf ein Stück eingeebneten Hügels. Und es wird immer noch weiter gebaut. Böse, oder vielleicht nur gut informierte, Zungen behaupten, daß da eine Menge Geld gewaschen wird.

Die Häufigkeit und Stärke der Überschwemmungen nimmt natürlich in dem Maße zu, in dem immer mehr freie Flächen zubetoniert werden, ohne für ausreichenden Abfluß auf dem gesamten Weg bis zum Meer zu achten. In der Zeitung erschienen bereits mehrere Artikel von Fachleuten zu diesem Thema, die mir wie die Rufer in der Wüste vorkommen.

Ein Stadtteil gleicht immer mehr Manhattan, und die Panamaen sind auch noch stolz darauf. Der Ausbau der Verkehrswege hat mit dieser Bauwut allerdings in keiner Weise

Schritt gehalten. Das tägliche Verkehrschaos wird immer schlimmer.

Der letzte Clou zur Lösung der Dauerstaus ist eine Privatstraße, die mitten durch die Bucht führen soll! Dann hätten also die am dichtesten ans Meer gebauten Hochhäuser auch noch Blick auf Schnellstraße gratis.

Wasser

Seit einigen Tagen riecht das Trinkwasser wieder unangenehm. Vielleicht haben unsere Magenbeschwerden damit zu tun? Wir kaufen unser Trinkwasser gallonenweise (Alle möglichen Masseinheiten existieren hier munter nebeneinander), aber zur Teezubereitung nehmen wir normalerweise das Leitungswasser.

Eine Sache, auf die die Panamaen unheimlich stolz sind, ist ihr Trinkwasser. Es ist wohl so, daß das Leitungswasser, offensichtlich im Gegensatz zu anderen mittelamerikanischen Ländern, normalerweise keimfrei ist, aber es ist ziemlich stark gechlort. Nach dem Waschen brennen mir die Augen. Während der ersten Tage nahm ich an, mit dem Tee sei etwas nicht in Ordnung, bis ich bemerkte, daß die Ursache des seltsamen Geschmacks vom Wasser herrührte. Es war zu diesem Zeitpunkt besonders stark gechlort.

Des öfteren schon bin ich im Supermarkt angesprochen worden, wenn ich meine Wasserflaschen durch die Gänge geschoben habe. Ob mir denn das gute Wasser nicht schmecken würde, es sei doch das beste der Welt. Dieser Überzeugung begegnet man hier häufig, ich habe noch nicht herausgefunden, worauf sie sich begründet.

Kann sich jemand vorstellen, wie man sich in einem Land mit feucht-heißem Klima fühlt, wenn am Montagmorgen kein Wasser da ist?

Eine Gallone Trinkwasser bekamen die Kinder zum Waschen und Zähneputzen.

Ausgerechnet an diesem Tag hatte ich nur noch 4 Flaschen im Haus. Pedro bekam auch seine Waschration und mußte zur Arbeit. Ich wartete auf das Wasser, um mich duschen zu können, doch es kam und kam nicht.

Als ich mich dann schließlich nach einer Katzenwäsche, mit viel Parfüm besprüht, auf den Weg zum Einkaufen machte, beäugte ich die Nachbarn im Aufzug, da ich ja wußte, keiner hatte sich geduscht.

In den Geschäften herrschte das Chaos. Im ersten, war das Wasser bereits ausverkauft. Nachdem ich im zweiten, nach mehreren Runden einen Parkplatz ergattert hatte, mußte ich feststellen, daß die großen, preiswerteren Flaschen auch schon alle weg waren.

Es gingen Gerüchte um, daß das Wasser für 3! Tage wegbleiben sollte. Irgendeine Pumpe war kaputt und der Ersatz mußte aus dem Ausland! herbeigeschafft werden.

Ich kaufte also ein wüstes Sortiment von kleinen Fläschchen, von Sprudelwasser, das einen seltsamen Geschmack hat, aber wir brauchten ja schließlich Wasser.

Alle Restaurants waren geschlossen, die meisten Schulen ebenfalls, ganz Panama war ohne Wasser.

Ich überlegte, wie wir die Toiletten nacheinander benutzen könnten, was ich am besten mit den Eiswürfeln machen könnte und kam mir unglaublich klebrig und dreckig vor.

Zum Glück haben die Kinder in der Schule einen Wassertank, so daß sie dort zur Toilette gehen und sich die Hände waschen konnten.

Das Wasser kam dann bereits! am Abend des selben Tages.

So etwas kommt zwar nicht so häufig vor, aber wenn, dann ist es in höchstem Maße unangenehm und bringt einem mal wieder den ganzen Tag durcheinander.

Weiterbildung

Als mir eine Lehramtsanwärterin ihre Unterrichtsvorbereitung als Computerausdruck präsentierte, kam ich mir schon ein bißchen antiquiert vor. Gleichzeitig bewunderte ich sie, weil sie so selbstverständlich mit diesem komplizierten Gerät umgehen konnte.

In Ermangelung einer Schreibmaschine begann ich dann auch hier in Panama meine Briefe auf dem Computer zu schreiben. Am Anfang habe ich mir alle Schritte, die notwendig waren, um in meinen File hinein- und wieder hinauszukommen, auf ein Blatt Papier geschrieben.

Ohne dieses Papier, oder wenn etwas Unvorhergesehenes eintrat, war ich vollkommen hilflos. Ich wollte auch gar nicht mehr wissen, als ich unbedingt zum Schreiben brauchte, denn ich hatte immer Angst, ich könne etwas kaputtmachen.

So mußte ich dann immer warten, bis die Kinder aus der Schule kamen, um mir weiterzuhelfen.

Als eine Freundin mich fragte, ob ich mit ihr einen Computerkurs besuchen wolle, habe ich nicht lange gezögert.

Das erste Ergebnis war, daß ich meine Briefe auf einer Diskette hatte, die nicht ich Anfänger, sondern die Könner hier im Hause inzwischen gelöscht haben.

Ein weiteres Ergebnis bezieht sich jedoch auf die Tatsache, daß ich meine Angst vor dem Computer verloren habe. Er fragt ja jedes Mal so nett, ob man wirklich dieses oder jenes löschen möchte und ausserdem gibt es ja die tolle "Escape"-Taste.

Etwas anderes ist dem aufmerksamen Leser vielleicht schon aufgefallen: Ich kenne jetzt den Code für ü,ä,ö und ß!

Wir haben nämlich, da die Kinder häufiger Arbeiten für die Schule mit dem Computer erledigen, eine englischsprachige Tastatur.

Patria

Sie trommeln wieder. Seit Wochen hört man immer wieder mal einzelne oder mehrere Trommler aus einiger Entfernung oder auch direkt vor dem Hause üben. Dies ist ein eindeutiger Hinweis darauf, daß sich der Monat! des Vaterlandes nähert.

Im November gibt es allein 3 bis 4 Nationalfeiertage, die wenn immer es möglich ist, zu einem langen Wochenende ausgebaut werden. An diesen Tagen finden dann große Aufmärsche auf der Via España, der Haupteinkaufsstraße, statt.

Es werden Tribünen für den Präsidenten und für andere Honoratien aufgebaut.

Schüler der Sekundarschulen ziehen in Marschformation, angetan mit ihren Schuluniformen, an den Gästen vorbei. Manchmal haben die Schulen auch eine eigene Paradeuniform. Angeführt werden die Gruppen von Fahnenträgern, Trommlern und Musikgruppen. Sehr beliebt ist auch das Stäbeschwingen, manchmal mit zusätzlicher Choreographie.

Während des ganzen Monats sind alle öffentlichen Gebäude, Banken, größere Geschäfte und oft auch Privathäuser mit der panamaischen Flagge geschmückt. Seit Wochen werden kleine Plastikfähnchen an den Straßenkreuzungen verkauft. Damit kann man sein Auto schmücken, wie es z.Bsp. den Taxifahrern gefällt, oder während der Paraden winken.

Auch in der Schule werden die Nationalfeiertage gebührend begannen. Lisa lernt einige typische Tänze, zu denen sie ihre "Pollera", einen langen, weiten bunten Rock, samt passendem Oberteil trägt. An einem Schultag führen die Schüler dann ihre Tänze vor, es werden Gedichte aufgesagt, manchmal auch kleine Stückchen aufgeführt und es werden Spezialitäten angeboten.

Für den heutigen Tage, mußte Lisa die ersten vier Strophen eines Gedichtes lernen. Es trägt den Titel: "Patria". Bei uns würden derartig schwülstige Texte (zum Glück) wahrscheinlich nur ein Lächeln hervorrufen. Hier werden sie mit Inbrunst vorgetragen.

Lisa erklärte mir gestern, wie sie den Vortrag gestalten müsse. Man bleibt nicht gerade stehen und hält die Hände an der Seite, sondern Hände, Arme und Kopf unterstreichen das Gesagte mit möglichst ausdrucksvollen Bewegungen. Auf mich wirkt dies ziemlich lächerlich.

Manchmal fällt es mir schwer, die Kinder dazu zu überreden ihre Hausaufgaben zu machen, weil mir diese absolut idiotisch vorkommen. Inzwischen haben wir bereits Anfang Dezember, aber Lisa mußte für heute, sozusagen in den patriotischen Nachwehen, die Bedeutung der ungefähr 10 Symbole des panamaischen Wappens auswendig lernen, außerdem, wer es wann entworfen hat. Sogar der Name der Frau, die die erste Fahne genäht! hat gehört zum Lernpensum der hiesigen Schüler.

Vielleicht liegt es daran, daß dieses Land so klein ist, (Flächenmäßig so groß wie Bayern, keine 3 Millionen Einwohner), oder daß es bis heute ziemlich stark von US-amerikanischer Lebensweise beeinflußt wurde, daß man hier einem vollkommen übersteigerten, unrealistischen Patriotismus begegnet.

Immer wieder hört man, Panama sei "die Brücke zur Welt", was man ja angesichts des Kanals noch nachvollziehen könnte, und "das Herz des Universums", wobei es einem dann doch die Sprache verschlägt.

Andererseits üben die Panamaen häufig eine derart scharfe Selbstkritik aus, daß sie mir dann doch schon manchmal wieder leid tun. Dann kommt es mir so vor, als ob sie ständig zwischen diesen beiden Extremen hin-und herpendeln, weil es ihnen an eigener Identität mangelt.

Gestern stand in einem Kommentar mal wieder folgendes in der Zeitung: "Wir brauchen einen Präsidenten, der mit seinem Beispiel dem Volk zeigt, daß der Reichtum nicht nur das Ergebnis des Raubes und anderen unehrenhaften Machenschaften ist, sondern auch durch harte Arbeit, Kreativität und Aufrichtigkeit geschaffen wird".

Feste und Feiern

Die große Feiertagsperiode beginnt mit dem November und zieht sich bis Ostern hin. Zur Einstimmung ist auch schon mal der 12. Oktober frei, der Tag, an dem Kolumbus in Hispaniola (Haiti und Dominikanische Republik) angekommen ist.
Passenderweise fällt diese Periode in die Trockenzeit, die von Dezember bis März gehen sollte. Auch die hiesigen, sehr langen "Sommerferien" in den Schulen werden von diesem Zeitraum eingeschlossen.

Halloween - Gruselkarneval mit St. Martins-touch Ende Oktober

Am Abend vor Allerheiligen wird aufgrund des starken US-amerikanischen Einflusses hier in Panama Halloween gefeiert. Man verkleidet sich als Hexe, Zauberer oder als irgendein schreckliches Monster. Es gibt die phantastischsten Kostüme.
Die Erwachsenen veranstalten Parties zu Hause oder in den zahlreichen Diskotheken. Die Kinder aber gehen zum "Trick or Treat". Sie gehen verkleidet von Haus zu Haus

und erbetteln sich Süssigkeiten. Diese verstauen sie dann z.Bsp. in einem Plastikkorb, der so aussieht wie ein Kürbis. Unsere Kinder finden dies ganz toll, vor allem sind sie dann nicht ganz so traurig, da sie schon jahrelang St. Martin verpassen.

Muttertag

Noch während der letzten Vaterlandswochen, während gleichzeitig der Weihnachtsschmuck schon überall auftaucht, beginnt die Kampagne für den Muttertag. Ja, richtig, Muttertag. Der wird nämlich hier am 8. Dezember gefeiert. An diesem Tag wird Marias unbefleckter! Empfängnis gedacht. Und das, so meint man hier, passe besonders schön zu all den ganz gewöhnlichen Müttern.

Dieser Tag wird hier in ganz großem Stil gefeiert. Es ist ein offizieller Feiertag. (Wochentag) Aber nicht nur das. Mehrere Tage vorher beginnen die Feiern für die Mütter der einzelnen Betriebe!, oft während der Arbeitszeit. Je grosszügiger der Chef, oder je besser der Betrieb, um so mehr wird für das jeweilige Restaurant ausgegeben.

Die Geschäfte quellen über vor Geschenken, aus dem Radio tropft der Mütterleinschmalz, der Verkehr wird unausstehlich.

Im ersten Jahr haben wir die Dummheit begangen, am nämlichen Muttertag auswärts essen gehen zu wollen. Wir haben in keinem Restaurant, auch nicht in den teureren, einen freien Tisch ergattert. Es war alles restlos überfüllt.

Heute, am 8. Dezember, war die Tageszeitung voll von ganz- oder halbseitigen Glückwunschanzeigen zum Muttertag. Da erinnert zum Beispiel die Bank X an die aufopfernde, sich selbst verleugnende Mutter, die ihr ganzes Leben ihren Kindern widmet.

Auf der Titelseite prangt das Bild einer Greisin, die geehrt wurde, weil sie 14 Kinder in die Welt gesetzt hat. Der Tageskommentar verherrlicht die Schwangerschaft schlechthin. Es folgen Reportagen über Frauen mit jeder Menge Kindern. Betrachtet man allerdings die Fotos der Frauen, möchte man nicht so recht daran glauben, daß ihnen ihre Kinder der reinste Quell der Freude waren.

Es ist einfach nicht zum Aushalten. Fehlt nur noch das große Mutterverdienstkreuz.

Weihnachten

Nach und teilweise parallel zu den Feierlichkeiten für das Vaterland und die Mütter beginnt die Vorweihnachtszeit im fliessenden Übergang.

Anfang Dezember wird die Wohnung weihnachtlich hergerichtet. Da zu diesem Zeitpunkt auch eigentlich die Trockenzeit beginnen sollte, betreiben viele Familien gleichzeitig so eine Art Frühjahrsputz. Wer es sich leisten kann, streicht die Wohnung an, kauft neue Möbel, packt soviel Weihnachtsdekoration ins Wohnzimmer, wie nur möglich.

Dezember ist der Monat, in dem das gesamte Geld, das während des Jahres gespart wurde, ausgegeben wird.

Zu diesem Zweck gibt es Sparbücher, die im Dezember anfangen und enden. Von der Existenz einer anderen Art

Sparbuch habe ich noch nichts bemerkt. Es wird für Dezember gespart. Dann aber wird das Geld mit vollen Händen ausgegeben. Ganz Panama befindet sich im Kaufrausch. Zu jeder Tages- und fast auch Nachtzeit ist die Stadt vollkommen verstopft. Die Geschäfte haben Sonderöffnungszeiten an Sonn- und Feiertagen und bis spät in die Nacht.

Das Warenangebot ist, wie so vieles hier ziemlich US-amerikanisiert. Es gibt neben den mir bis dahin bekannten Weihnachtstischdecken, Servietten usw. Auch noch Weihnachts-Becher, -Kleider, -Unterhosen, -Bettwäsche, -Service, -Handtücher usw. Weihnachtsmänner, die auf Knopfdruck den Kopf zur Seite neigen oder "Ho Ho" von sich geben sind schon für 200 US $ zu haben.

Ab Ende November rieseln die Weihnachtsbäume an den Eingängen der Supermärkte vor sich hin. Inzwischen sind einige zu regelrechten Skeletten abgemagert. Man baut den Baum nämlich bereits Anfang Dezember mit vollem Schmuck im Wohnzimmer auf.

Da Weihnachten in die Trockenzeit fällt, ist hier etwas möglich, das sehr schön anzusehen ist. Banken, große Geschäfte, oft auch Privathäuser - eben wer Geld hat - schmückt Gebäude und Vorgärten mit unzähligen Lichterketten, die weihnachtliche Motive darstellen, manchmal auch nur die Bäume, in denen sie verschlungen sind, zauberhaft aussehen lassen.

Es werden Krippen und Rentierschlitten mit Weihnachtsmännern aufgebaut. Da es schon um 18.00 Uhr dunkel ist, kann man dann an diesen Dekorationen mit dem Auto vorbeiflanieren, vielleicht auch mal anhalten, um sich etwas genauer zu betrachten oder einem der vielen in voller Montur schwitzenden Weihnachtsmännern zuwinken.

In diesem Jahr gab es auch noch einen Weihnachtsumzug. An einem Sonntag wurde eine Hauptverkehrsstraße gesperrt, Verkaufsbuden am Straßenrand aufgebaut und dann zogen Wagen mit Mickeymaus-Motiven, goldenen Engeln, Weihnachtsmännern und weiteren Walt-Disney Figuren an den Schaulustigen vorbei.

Aus dem Landesinneren werden busseweise Schulkinder herangefahren, die diesen Umzug zur Belohnung für ihre guten schulischen Leistungen miterleben durften.

Die Vorweihnachtszeit und Weihnachten selbst hat hier nichts Beschauliches. Ich hab es ja nun schon einige Jahre nicht mehr erlebt, aber trotz hektischer Vorweihnachtszeit ist es doch in Deutschland wenigstens am 24., 25. und 26. ruhig.

Hier dröhnt die Salsa aus den Lautsprechern, knallen Feuerwerkskörper, hupen Autos. Überall wird gefeiert, das heißt, gegessen, getrunken, gelacht und zu lauter Musik getanzt.

Sylvester wird ähnlich gefeiert. An vielen Tagen im Dezember sind die Säle der Hotels und Restaurants ausgebucht. Die Frauen, die es sich leisten können, präsentieren sich zu jedem Fest im neuen Abendkleid.

Spätestens im Januar beginnt dann die Strandsaison. Die Schüler haben drei Monate Ferien, das Parlament macht eine Pause, wer kann, zieht sich in sein Strandhaus zurück.

Da wir keins besitzen, wollten wir ein Wochenende in einer schönen Anlage am Strand verbringen, doch es war bereits für 2 Monate im Voraus ausgebucht.
Dann kurieren wir eben unsere Verletzungen aus und freuen uns auf die Osterwoche in Contadora (Pazifikinsel), die wir rechtzeitig gebucht haben.

Zum Schluß…

Ganz herzlichen Dank für die vielen Weihnachts- und Neujahrsgrüße, die uns in diesem Jahr erreicht haben. Die meisten sind zwar erst nach den Feiertagen angekommen, aber das war vollkommen unwichtig, wir freuen uns jedes Mal, wenn wir Nachricht von "zu Hause" bekommen.

Handschriftlich hinzugefügt:

Viele liebe Grüße senden euch die Nuñezs.
Außerdem, da es noch Januar ist, alles Gute zum neuen Jahr. Wir hoffen, Euch geht es gut, wir sind ja leider in der letzten Zeit etwas heimgesucht worden. Aber ich glaube, jetzt sind wir langsam aus dem Schlimmsten raus. Wir haben für diesen Sommer noch keine Unterkunft. Falls es bei euch noch möglich wäre, sagt uns bitte Bescheid, falls nicht sagt es auch bitte, wir sprechen mehrere Leute an. Wir wären ab dem 24.6. in Duisburg, bestimmt bis Mitte

August, da ich möglichst viel Zeit für die Haussuche haben möchte. Ich glaube, wir würden bestimmt einmal umziehen, um nicht so lange einer Familie zur Last zu fallen. Falls Joachim bis dahin das richtige Haus für uns gefunden hätte, wäre die Sache ja schon mal erledigt. Jetzt im Ernst: ungefähr wie unsere letzte Wohnung, Obergrenze 450.000 mit allen Unkosten.

Falls das Angebot noch gilt, könnte Joachim schon mal verschärft suchen. Vielleicht auch in der Nachbarschaft und im Bekanntenkreis. Falls unsere mögliche Unterbringung zu einem bestimmten Zeitraum günstiger wäre, sagt es bitte auch und sagt bitte auch, falls es nicht geht. Schnelle Mitteilungen könnt Ihr auch über Fax machen, an Pedros Arbeitsstelle: Dr. Pedro Nuñez, Inforp 2666695. So jetzt wünsch ich euch nochmals alles Gute, Grüße Silvia

Stadtplanung

Ich habe mir gerade Panama auf Google Maps angeguckt: Ich kann es nicht fassen, wie sehr es sich verändert hat.

Es gibt eine Metro, die quer durch die Stadt fährt. Das wäre zum Zeitpunkt, als wir in Panama waren, überhaupt nicht denkbar gewesen. Ich bin immer noch beeindruckt von so viel Wandel. Ich kann mir nur schlecht vorstellen, wie Panama heute aussieht. Als ich im Jahr 2003 mit meinem Bruder das letzte Mal dort war, hatte es sich schon sehr gewandelt.

Es gibt nun eine Straße, die direkt über das Meer führt, für die man Maut bezahlen muss. Diese Straße ist in Coco del Mar vor dem Hochhaus, in dem wir die letzten Jahre wohnten, gebaut worden - direkt vor der schönen, aber auch geruchsintensiven Aussicht auf das Meer.

St. Martin bzw. Halloween

Im Gegensatz zur Annahme meiner Mutter, dass wir traurig gewesen seien, St. Martin in Deutschland zu verpassen, hatten wir unglaublich viel Spaß mit Halloween. Ich kann mich nicht daran erinnern, das Gefühl gehabt zu haben, deutsche Feste zu vermissen. Ganz im Gegenteil – ich fühlte mich mit den panamaischen Festen sehr wohl.

Ich bin in Panama aufgewachsen und habe mich dort irgendwann zu Hause gefühlt, obwohl ich erst im letzten Jahr dort richtig angekommen bin.

Ich war an Halloween jedes Jahr eine Hexe. Ich fand diese Frauen toll; den Spitzhut, die Hexennase und die Warzen fand ich faszinierend. Mein Bruder Samuel war jedes Jahr etwas anderes. Im letzten Jahr hatte er mit einer schreckenerregenden, den gesamten Kopf bedeckenden, hautfarbenen Maske eines Monsters mit Blutspuren alle kleineren Kinder, die klingelten und sagten: „Trick or treat - Halloween - give me something good to eat, if you don´t, I don´t care, I´ll pull down your underwear", erschreckt.

Diesen Spruch musste man beim Klingeln bei der internationalen Nachbarschaft aufsagen. Übersetzt bedeutet er: „Süßes oder Saures - Halloween - gib mir etwas Gutes zu Essen, wenn du es nicht tust, macht es mir nichts aus, denn dann zieh ich deine Unterhose herunter."

Es erwarteten uns nach diesem Spruch händeweise Süßigkeiten, die wir in unsere Plastikkürbisse mit Henkel stopften, und manchmal supertoll dekorierte Wohnungen mit Geisterhauseffekten und Gruselmusik mit lebendigen gruseligen Gestalten, die aus Ecken hervorploppten.

Am Ende des Abklapperns der 14 Etagen unseres Hauses mit jeweils zwei Parteien auf jeder Etage hatten wir genug Süßigkeiten für die nächsten Monate, um kugelrund zu werden. Das war ein Spaß!

Urlaube in Panama

Wir haben nicht nur den Alltag in Panama verbracht, sondern sind ab und zu auch in Panama in den Urlaub gefahren, besonders gerne nach Contadora oder El Valle - auch mal gemeinsam mit Besuch aus Deutschland.

Auf Contadora, einer kleinen Insel kurz vor Panama City, waren wir unter anderem mit Ullrich und Bernadette, Bekannte meiner Mutter. Ullrich hatte es sich kurz vor Abflug unseres Kleinflugzeugs zurück nach Panama City in einer Strandbar gemütlich gemacht und sich ein paar Cocktails genehmigt. Bernadette wurde schon ganz nervös und wir Kinder wussten nicht so recht, was los war.

Mein Vater spürte ihn an der Strandbar auf, aber er war von dort nicht wegzubewegen. Er hat das Flugzeug dann verpasst. Es war im Nachhinein irgendwie lustig. Er war ein sehr gemütlicher Zeitgenosse.

Noch etwas Besonderes, an das ich mich gerne zurückerinnere, sind die Fahrten über die Insel zusammen mit meinem Bruder auf dem „4 wheel drive" - einem kleinen Motorrad ähnlichen Gefährt mit vier Reifen.

In El Valle, einem im Hochland Panamas in der Provinz Coclé gelegenen Dorf, fast drei Stunden Fahrt von Panama City entfernt, waren wir immer wieder in unserer Freizeit und auch bei Schulausflügen. Die Vulkanlandschaft war wirklich sehr schön.

Außerdem herrschte eher Pullover- als T-Shirt-Wetter – man konnte sich also von der Hitze in Panama City erholen.

El Valle liegt oben in den Bergen. Da erzählt man sich auch die Legende der schlafenden Ureinwohnerin, die in Form einer Silhouette am Horizont in den Bergen zu erkennen ist. Die Geschichte handelt vom Indio Uraca, den mein Bruder Samuel zu einer Feierlichkeit - ich glaube zum día de la Patría - gespielt hat.
Dafür musste meine Mutter Manta Sucía kaufen, den sie mit mir überall suchte. Manta Sucía ist ein Stoff, der etwas grob ist und „schmutzig" aussieht.

Andere Schulausflüge machten wir in die Mangroven, aus denen wir trotz Panzertapes um die dicken Jeans über den Socken und vielfachem Einsprühen mit Antimückenspray von Kopf bis Fuß mit Mückenstichen nach Hause kamen. Trotzdem war es sehr interessant. Wir mussten leider schnell wieder fahren aufgrund der Mücken.

In den tropischen Regenwald in Panama habe ich mich nur einmal bei einem Ausflug mit der Klasse rein getraut. Wir begegneten so manch einem Getier auf dem Weg. Ich erblickte eine lange Schlange, die vor mir auf dem Trampelpfad davon zischte. Das hat mir einen ziemlichen Schreck eingejagt.

An die bergige Gegend Boquete erinnere ich mich gerne. Sie hatte eine angenehme Kühle. Wir haben in unserem Hotel viel Billard gespielt, Frösche singen hören und die „Kälte" genossen. Hier waren Pullover und Jeans angesagt.

Auf den San-Blas-Inseln im Karibischen Meer haben wir auch Urlaub gemacht. Wir waren in einem Resort auf einer superexklusiven Mini-Insel. Es gab nur zwei andere „Cabañas" (Hütten) mit anderen Gästen dort. Wir selbst hatten auch zwei gemietet - eine für meinen Bruder und mich und eine für meine Eltern. Sie waren mit Stelzen ausgestattet und standen im Wasser, so dass man durch die Bodendielen aus Holz aufs Meer hinunterschauen und vom Balkon aus direkt ins Wasser springen konnte.

Es gab ein Restaurant und frische Kokosnüsse zum Trinken, sonst nichts. Man konnte in weniger als einer halben Stunde um die Insel laufen. Es war herrlich, vom Trubel der Stadt wegzukommen. Mein Bruder hatte seine Gitarre dabei und hat abends auf dem Balkon gespielt. Es war eine tolle Szenerie. Am Ende der paar Tage, die wir da verbrachten, waren wir aber froh, wieder andere Menschen und Dinge zu sehen. Es ist dann irgendwann auch eintönig.

Einmal sind wir in einem Sechs-Personen-Flugzeug zu einer anderen kleinen Insel in der Nähe geflogen, das ein Taschentuch in den Türgriff auf meiner Seite geklemmt hatte - vielleicht um die Tür nach einem Brand innerhalb des Flugzeugs zuzuhalten? Das Flugzeug wies nämlich

Spuren eines Brandes auf und hatte auf meiner Seite keine Türklinke mehr. Sehr vertrauenserweckend.

Es gab eine Vielzahl an Inseln dort mit traumhaft schönen, einsamen Stränden, wo kaum ein Tourist sich hin verirrte. Um zu unserer Insel zu gelangen, mussten wir mit einem Motorboot von einer anderen Insel übersetzen.

Die Kuna-Yala-Indianerinnen, die aus der Provinz San Blas stammten, waren auf Touristen eingestellt. Sie verlangten Geld für Fotos mit ihnen oder verkauften Fotos, auf denen sie abgebildet waren. Je näher die jeweilige Insel zum Festland lag, desto mehr Zivilisationseinflüsse durch z. B. Fernseher und mehr Probleme wie Alkoholismus gab es. Auf diesen Inseln hatten wir ein unangenehmes Gefühl.

Je weiter wir vom Festland weg waren, desto traumhafter, schöner und unberührter waren Land und Leute. Auf „unserer" Insel war von diesen Problemen nichts zu spüren.

In Punta Chame, in einem Haus von Bekannten meines Vaters in der Nähe eines Strandes, kann ich mich noch daran erinnern, dass der Freund meines Vaters eine Geschichte erzählte über einen Freund, der so viel Alkohol getrunken hatte, als er zu Besuch bei ihm war, dass er eines Nachts in seinen Schrank im Zimmer statt auf Toilette pinkelte.

Die Geschichte vergesse ich so schnell nicht. Es hat mich als Kind beeindruckt, dass ein Erwachsener so die Kontrolle über seinen Körper verlieren kann.

Posada la Vieja war ein toller Ort. In Chiguiri Arriba in der Nähe von Penonomé, circa dreieinhalb Autostunden von Coco del Mar entfernt, tauchte man in eine andere Welt ab. Wie in vielen exklusiven Lodges dieser Welt, denke ich, war auch dieser Ort magisch.

Zumindest im Jahr 1996 war es so. Wir haben ein Ganzkörperschlammbad genommen, am Teich gesessen, Fische geguckt und mein Bruder hat Gitarre gespielt.

Das Highlight dieses Urlaubes war es, als wir auf Eseln geritten sind, auf dem Weg zu einem abgelegenen Wasserfall, in dem wir dann in eiskaltem, glasklarem Wasser geschwommen sind. Das war spitzenmäßig.

Heimaturlaube in Duisburg, Deutschland

Außer im ersten Sommer in Panama sind wir jedes Jahr für circa ein bis zwei Monate nach Duisburg, Deutschland, geflogen.

Die Flüge wurden von der Arbeit meines Vaters bezahlt. Hin- und Rückflug beim ersten und beim letzten Mal waren sogar Businessflüge - ein ganz anderes, stressfreieres Flugerlebnis. Wir sind die ganze Zeit sehr zuvorkommend bedient worden und konnten es uns in den riesigen Sitzen bequem machen. Wir haben kleine weiß-blaue Häuschen aus Amsterdam mit Schnaps drin von KLM bekommen. Einige stehen immer noch als Andenken im Haus meiner Mutter in Duisburg. Bei meinem Vater in Chile stehen sogar noch mehr.

Während unserer Deutschlandaufenthalte haben wir immer in Wohnungen oder Häusern unserer Freunde oder Verwandten übernachtet. Wir lebten für einige Zeit mit einer anderen Familie zusammen oder nutzten, während die jeweilige Familie im Urlaub war, deren Wohnung oder Haus.

Eine Sache, an die ich mich vom Heimaturlaub noch sehr gut erinnern kann, ist, dass ich auf Wasserschildkröten in einem Aquarium aufpassen sollte - gemäß Anleitung.

Wir waren bei den Friedmanns untergebracht, während sie in Afrika im Urlaub waren. Sie sagten uns jedoch nicht, wo wir die Schildkröten in der Zeit unterbringen sollten, in der wir das Aquarium sauber machten. Anstatt sie in eine große Schüssel mit Wasser zu tun, dachten wir, der große Teich im Garten böte sich doch gut an. Danach waren die Wasserschildkröten nicht mehr wiederzufinden. Sie wollten wohl in dem Teich bleiben. Sie leben dort bis heute.

Tocumen Airport, Panama

Er war schon fast wie unser zweites Zuhause, der Tocumen Airport in Panama - internationaler Flughafen Panamas. Wir hielten uns dort oft stundenlang auf, weil wir Gäste aus Deutschland abholten oder weil wir selbst irgendwohin flogen.

Das Highlight des Flughafens für meinen Bruder und mich war, dass es zwei Konsolen mit Bildschirm gab, an denen man simultan spielen konnte. Es war ein Nintendo, auf dem Mario Brothers lief. So vertrieben wir uns die Zeit mit viel Freude. Die Musik des ersten Levels, das wir logischerweise am häufigsten von allen Levels spielten, löst bei mir pure Nostalgiegefühle aus.

Wir durften die Sicherheitskontrollen passieren, um in den Transitbereich zu kommen, wo besagter Nintendo stand. Auch wenn wir selbst nicht flogen, da mein Vater den Diplomaten-Status hatte.

So konnte man solche Vorzüge auch mal genießen. Wir verbrachten Stunden dort und waren für unsere Eltern kaum ansprechbar, da wir zu Hause so etwas nicht hatten.

Es gab bei uns zu Hause nur „pädagogisch Wertvolles". Zu diesem Konzept gehörten natürlich auch Milch und Wasser als Standardgetränke anstatt Cola. Aber so ging es ja auch. Bei Freunden gab es dann die Limo, die Konsolen und die riesigen Fernseher, bei uns die wertvolle Milch, Wasser und Kuscheltiere.

Noriega

Anfang 1990 wurde Noriega, der seit 1983 als Diktator in Panama herrschte, von den US-Truppen festgenommen. Das geschah zwei Jahre, bevor wir dort ankamen. Einige von unseren Mitschülern wohnten zur Zeit des Noriegaregimes schon in Panama, zum Beispiel Cindy und Peter.

Das Mädchen aus meiner Klasse und der Junge aus Samuels Klasse erzählten beide getrennt voneinander irgendwann von dieser Diktatur.

Cindy erzählte, dass sie gefangen genommen worden sei und barfuß durch den Regenwald habe laufen müssen. Zudem habe sie mit ihren Eltern und vielen anderen in einfachen Holzhütten im Urwald von Darien an der Grenze zu Kolumbien schlafen müssen. Es seien bewaffnete Noriegatruppen mit Maschinengewehren vor Ort gewesen. Sie erzählte auch etwas von Vergewaltigungen, aber ich kann mich nicht genau erinnern, wem das passierte.

Peter erzählte von Schüssen in Paitilla - mitten in einer der meist bewohnten Wohngegenden. Er berichtete, er habe Angst gehabt und sich unter seinem Bett versteckt.

Nachdem ich beide Geschichten gehört hatte, war ich froh, dass wir zu diesem Zeitpunkt noch nicht dort gewohnt hatten. Ich hatte viel Mitgefühl, als Cindy mir ihre Geschichte erzählte. Es hat mich aber auch sehr schockiert.

Silvia Trentmann - Nuñez c/o Deutsche Botschaft Panama
Postfach 1500
53105 Bonn

Zusammengestellt im
August und September 1996

Tel.: 2262496

Rundbrief Nr. 8

Lieber Rolf! Liebe Ursula!
Liebe Bine! Lieber Tom!

Die Heimreise verlief in diesem Jahr sehr angenehm und ich war auch ganz froh, wieder in der gewohnten Umgebung, in unserer Wohnung, mit der Familie zusammen zu sein. Dieses Mal war ich ziemlich lange in Deutschland, habe aber leider nicht alle Freunde gesehen, mit denen ich mich gerne getroffen hätte.

Das war wahrscheinlich meine Schuld. Als ich die ersten drei Wochen alleine dort war, wollte ich so viel wie möglich erledigen, besonders was die Haussuche betraf.

Dabei wollte ich mich nicht durch eventuelle Verabredungen ablenken lassen.

Es fällt mir eben schwer, Dinge parallel zu betreiben. Ich erledige eben lieber eins nach dem anderen.

Das hat dann aber dazu geführt, daß, als ich endlich angerufen habe, die Leute schon in den Ferien waren.

Denjenigen, mit denen ich mich doch noch getroffen habe, herzlichen Dank, es war mal wieder ganz toll, sich so gut unterhalten zu können.

Ein kleines Ereignis…

Des öfteren werden wir nachts oder in den Morgen- und Abendstunden durch lautes Hundegebell vom Nachbarsgründstück gestört.

Doch gestern gab es plötzlich ein Gekläffe und Gejaule vor unserem Haus, daß man sich noch in unserer 8. Etage die Ohren zuhalten mußte.

Als ich auf den Balkon stürzte und hinuntersah, traute ich meinen Augen nicht:

Vor der kleinen Kirche wimmelte es von Frauchen und Herrchen samt Hund. Chauffeure brachten Käfige mit Vögeln, Kaninchen und sonstigen Lieblingen.

Was ging dort vor? Besuchten jetzt auch noch die Tiere den Gottesdienst?

Nein, das dann doch wohl nicht. Die Figur des heiligen Franziskus, des Schutzpatrons der Tiere, wurde herausgetragen und dann wurden in seinem Namen all diese Kreaturen, die wohl nicht so recht wußten wie ihnen geschah, gesegnet.

Okay…

scheint die panamaische Form von "Bitteschön" und "Auf Wiedersehen" zu sein. Heute gebe ich einen Brief in der Post ab und bedanke mich, als ich ihn frankiert zurückbekomme — ein langgezogenes "Okaay" ist die Reaktion.

Beim Verlassen der Reinigung verabschiede ich mich mit einem "Auf Wiedersehen" und bekomme ein "Okay" zur Antwort.

Ich bin immer ganz erfreut, wenn ich ausnahmsweise beim Hinausgehen aus der Bäckerei ein "Hasta luego" höre.

Oft wird der Gruß weder beim Betreten noch beim Verlassen eines Geschäftes erwidert.

Da gibt man sich wohl schon lieber mit einem "Okay" zufrieden.

Schule III

Eine Privatschule kann natürlich nur von Kindern besucht werden, deren Eltern in der Lage sind, das Schulgeld regelmäßig aufzubringen. Zur Zeit beläuft sich der Betrag für ein Kind auf über 4 000 $ Dollar pro Jahr. Dazu kommen noch die Schulbuskosten. Bei den Angehörigen der internationalen Organisationen übernehmen diese die Kosten oder ersetzen den größten Teil, so wie es bei uns der Fall ist. Für eine panamaische Familie mit zwei, drei schulpflichtigen Kindern entspricht das jedes Jahr dem Wert eines Autos.

Bis jetzt habe ich ein unangenehmes Gefühl, wenn ich daran denke, daß eine Schule geleitet wird wie ein Unternehmen, profitorientiert.

Als ich in den ersten Wochen einen Scheck für das Schulgeld im Sekretariat ausstellte, kam die damalige Lehrerin von Samuel herein. Mir war es furchtbar peinlich und ich hätte am liebsten das Scheckheft wieder weggepackt. Aber sie war ganz unbefangen und ich merkte, daß es meine ganz persönliche Phantasie war, die mich beeinflußte. Ich werde irgendwie die Vorstellung nicht los, daß ich am Ende des Unterrichts die Hand aufhalte und wer seine Mark nicht bezahlen kann, darf am nächsten Tag nicht kommen. Furchtbar!

Nachdem wir zwei Monate hier waren, sollte ich Samuels Klasse etwas über Deutschland berichten und auch möglichst typisches Essen mitbringen.

Ich suchte einige interessante Informationen für Viertklässler zusammen, besorgte u.a. eine Landkarte aus der Botschaft und begann meinen kleinen Vortrag in Englisch zu üben. Es ist wohl trotzdem ziemlich holperig ausgefallen.

Immerhin, nachdem ich noch einige vergleichbare Aktionen auch in Lisas Klasse durchgeführt hatte, teilte sie mir zufrieden mit, ihre Mitschüler seien überrascht gewesen, wie gut ich jetzt Englisch spräche, im Vergleich zum Vorjahr. Da hat sich die Anstrengung ja wenigstens gelohnt.

Zu meinem ersten Vortrag in Samuels Klasse hatte ich auch noch einen ganzen Vormittag lang Frikadellen ausgebacken,

Brötchen und Apfelsaft und selbstverständlich Plastikgeschirr- und Besteck für alle Kinder besorgt.

Nach der Vorstellung wurde mir klar, daß alle davon ausgingen, daß ich sämtliche Unkosten alleine trage. Es wird nie etwas in der Klasse umgelegt.

Als es auf Weihnachten zuging, rechnete ich damit, daß die Klasse ein Geschenk für die Klassenlehrerin besorgen würde. Ich fragte einige Male bei den Kindern nach. Nein, sie wußten von nichts. Zwei, drei Tage vor Schulschluß kamen sie dann ganz aufgeregt nach Hause und berichteten, einzelne Mitschüler würden den Lehrern Geschenke bringen, und zwar goldene Ohrringe, Parfüms und ähnlich kostspielige Präsente.

Ich besorgte dann noch schnell einige Pralinenschachteln. Wie bin ich froh, daß Beamte nur Kleinigkeiten annehmen dürfen! Ein Kind mit goldenen Ohrringen und das andere mit einer Pralinenschachtel!

Überhaupt! Jeder schenkt einzeln! Nicht nur an diesem Vorfall ist mir klargeworden, daß eine Klasse nicht als Gemeinschaft betrachtet wird. Die Lehrer haben eine Beziehung zu jedem einzelnen Kind und umgekehrt.

Es gibt keine Elternabende, die Probleme werden nie gemeinsam mit Eltern und Lehrern besprochen, alles findet im Einzelgespräch statt. Sehr individualistisch.

Als Frau in Panama

Einige Beispiele aus dem alltäglichen Leben:

Geschenke werden nach Geschlechtszugehörigkeit einge-
packt. Als ich zum ersten Mal gefragt wurde: "Mann oder
Frau?" wußte ich nicht recht, worauf sich diese Frage
bezog.

Dann bemerkte ich, daß das Blümchenpapier wohl eher für
die Frau gedacht war, wohingegen der Eiffelturm das entsprechende für den Herrn war.

Inzwischen habe ich noch weitere Erfahrungen auf diesem
Gebiet sammeln können.

Ich suchte ein Geschenk für eine Vierjährige. Eine Packung
mit einfachen Werkzeugen gefiel mir. Stabiles Plastik,
schön bunt, alles abgerundet.

Die Verkäuferin fragte mich, für wen ich etwas suche. Als
ich ihr Auskunft gab, meinte sie, das sei wohl eher etwas
für Jungen, was ich da in der Hand hielte.

Ich fragte sie nach dem Grund. Sie erklärte mir daraufhin
bereitwillig, in der Packung befände sich z.Bsp. ein Maß-
band und eine Wasserwaage.

Ich fragte sie, ob sie nicht meine, daß ein Mädchen auch
Spaß daran haben könne, etwas auszumessen. Erst lachte
sie, dann überlegte sie und meinte: "Eigentlich haben Sie
recht".

Wir unterhielten uns dann noch eine Weile über die Rollen-
festlegung für Mädchen und Jungen.

Als ich das Geschenk einpacken ließ, (ich hatte mich dann
doch für ein "Mädchengeschenk" entschieden) bat ich um
das Papier mit den lila Elefanten.

Aber das sei doch nichts für Mädchen, meinte die andere
Bedienung und wollte mir ein langweiliges rosa Papier

andienen. Als ich auf den lustigen lila Elefanten bestand, wickelte sie es mir schließlich mißmutig ein.

Auf Formularen von der Schule tauchte in der spanischen Version immer der Terminus: "Padre de familia", also Familienvater, auf. Der sollte jetzt also die Kenntnisnahme bestätigen, oder die Erlaubnis geben. Der manchmal noch nicht einmal den Namen der jeweiligen Klassenlehrerin oder des Klassenlehrers kannte!
Konsequent und deutlich strich ich jedesmal das Wort "Padre" durch und ersetzte es durch "Madre". Dann unterschrieb ich. Es dauerte einige Monate, aber inzwischen heißt es: "Madre o Padre". Das hat mich mit einiger Genugtuung erfüllt.

Auch wenn ich den "er/innen - Kult" manchmal als etwas übertrieben empfinde, so meine ich doch, daß die Sprache sowohl die bestehenden Verhältnisse widerspiegelt, als sie auch gleichzeitig durch ihren Gebrauch festigt.
Die Spanische Sprache zeigt die Machtverhältnisse sehr deutlich: Eltern sind nur die Väter (Padres), Kinder sind nur Söhne (Niños, hijos), Geschwister sind die Brüder (Hermanos) und Menschen (el hombre - der Mensch) sind natürlich nur Männer.
Es wird wohl kaum noch jemanden wundern, daß eine junge Frau nicht als solche angesprochen wird, sondern so lange mit "Fräulein" betitelt wird, bis sie durch die Verheiratung erwachsen geworden ist.

In der Wochenendbeilage der Tageszeitung ist unter dem Artikel "Frauen und Aids" folgendes zu lesen: "In unseren machistischen Gesellschaften meinen die Männer, daß die Treue einseitig ist und daß sie Beziehungen mit anderen Frauen außerhalb des Hauses haben können." Danach wird über die Symptome der Krankheit aufgeklärt und den Frauen empfohlen, sich selbst bei Verdacht rechtzeitig untersuchen zu lassen, um dann die Krankheit entsprechend zu behandeln.

Obwohl es wahrscheinlich schon ein Fortschritt ist, daß dieses Thema überhaupt offen angesprochen wird, ist es schon erschreckend, wie die Vielweiberei mit all ihren Konsequenzen so einfach als Tatsache hingenommen wird.

Es ist eben das Schicksal der Frau, von ihrem Ehemann mit einer tödlichen Krankheit infiziert zu werden.

Die Akzeptanz des männlichen Fremdgehens wird auch durch ein anderes Beispiel verdeutlicht. Bis Ende 1994 gab es nämlich einen feinen Unterschied im Scheidungsrecht.

Scheidungsgrund war die Tatsache, daß die Frau einen Liebhaber hatte.

Der Mann durfte so viele Frauen haben, wie er wollte. Er mußte lediglich darauf achten, daß seine Verhältnisse keinen "skandalösen" Charakter annahmen. Das heißt wohl, solange er bei offiziellen Anlässen nicht seine Freundin anstelle seiner Frau mitnahm, war alles in Ordnung.

Diese Diskriminierung ist zum Glück mit der Einführung des neuen Familienrechtes 1995 abgeschafft worden. Dabei haben Mitglieder der Frauenbewegung maßgeblich mitgearbeitet. Diese besteht aus gut ausgebildeten, meist berufstätigen Frauen, die in jeder Situation immer ganz "Dame" bleiben.

Brav halten sie ihre Reden, nehmen an Konferenzen teil und arbeiten an Gesetzesvorschlägen mit.

Freche Mädchen, Dolle Minnas, provokative, lustige Aktionen sind bis jetzt hier undenkbar, eben zu "unweiblich".

Kunden

Schon häufiger bin ich mit meinem Einkaufswagen im Supermarkt in einen Gang eingebogen und es bot sich mir folgendes Bild:

Eine Frau ist dabei, Waren in ein Regal einzuräumen. Ein Mann reicht ihr ab und zu eine Ware und unterhält sich ansonsten äußerst angeregt mit ihr. Ein weiterer Mann sortiert etwas in einer Menge Kisten die auf dem Boden rumstehen und beteiligt sich natürlich ebenfalls an der Unterhaltung.

Keiner scheint zu bemerken, daß ich mich nähere, auch nicht, daß der Weg durch die Kisten versperrt ist. Selbst wenn ich bereits vor den Kisten angelangt bin, schiebt höchstens jemand eine Kiste langsam etwas zur Seite, so daß ich mich gerade so vorbeiquetschen kann, ohne jedoch die Unterhaltung zu unterbrechen.

Das Nichtbeachten der Kunden ist wirklich auffällig. Manchmal möchte man geradezu mit folgenden Worten in ein Geschäft eintreten: "Entschuldigen Sie bitte, daß ich bei ihnen etwas kaufen möchte, aber ich suche…".

Es ist mir auch schon passiert, daß die Verkäufer noch nicht einmal aufgeblickt haben, wenn ich den Laden betrat, und dann - immer noch in ihre Zeitschrift vertieft - ein "que", was sich so anhört wie kää und "was" bedeutet, hervorbrachten, als sie wohl an meinen Schritten gehört hatten, daß ich mich jetzt in ihrer Nähe befand.

In solchen Fällen bleibe ich allerdings solange stumm, bis sie mich endlich ansehen und verärgert fragen, was ich denn nun eigentlich wolle.

Es ist natürlich nicht überall so. In der nahegelegenen Farmacia, was auch, aber nicht nur eine Apotheke ist, werde ich äußerst freundlich begrüßt und behandelt.

Dort kann man, wenn es schnell gehen muß, (sonst zu teuer) kopieren, man findet alles Mögliche auf die Schnelle, kleine Geschenke, Bleistifte, Krimskrams.

Samuel brauchte Federn für sein Indianerkostüm. Er hat im Rahmen der Vaterlandsfeiern einen Indianer gespielt, der sich mutig gegen die Spanier gewehrt hat: Urraca.

Ich begebe mich also in die Abteilung, in der es Knöpfe, Spitzen, Applikationen, Stoffarbe und vieles mehr gibt. Ich frage nach Federn.

Das Wort "Pluma" wird hier auch für Kugelschreiber benutzt.

Ob ich Federn zum Schreiben meine, fragt mich eine griesgrämige Alte. Ich antworte ihr, ich meine die anderen. Wozu ich sie bräuchte, wollte sie nun wissen. Etwas verärgert frage ich nun: "Haben Sie jetzt Federn, oder haben Sie keine?" "Ja, Sie müssen schon genauer sagen, welche

Federn Sie meinen", bekomme ich zur Antwort. Na, die müssen ja eine Auswahl an Federn haben!

Ich frage, ob sie mir einfach mal einige Federn zeigen könnten. Eine freundlichere Verkäuferin bittet mich nun ein Stückchen weiter und holt Pakete mit verschiedenfarbigen Federn hervor. Ich frage nach etwas längeren. Hatten sie nicht.

Nachdem ich mir drei Päckchen ausgesucht hatte, fiel mir plötzlich auf, daß sie ja überhaupt nur eine Sorte Federn in der ganzen Abteilung hatten!

Nun fragte ich die nette Verkäuferin, warum ich denn vorher erklären sollte, welche Art von Federn ich bräuchte, wenn sie lediglich eine Sorte Federn führten.

Da antwortet sie mir doch tatsächlich, es gäbe noch die Kugelschreiber. Ich gabs (mal wieder) auf.

Es ist mir auch schon vorgekommen, daß ich gefragt wurde, wofür ich etwas brauche, und nachdem ich es mühsam erklärt habe, stellte sich heraus, daß sie auch nicht einen Gegenstand dieser Art führen. Selten sagen sie: "Nein, wir haben keine Klappstühle", oder "Wir führen keine Plastikfolie auf Rollen".

P.S.

Wir sind jetzt auch ans Internet angeschlossen: samlisa@sinfo.net

Handschriftlich hinzugefügt:

Viele Grüße aus dem stürmischen, schwülen, regnerischen Panama senden Euch die Nuñezs. Hier läuft im Moment alles ziemlich geregelt, keine Krankheiten oder Unfälle, Pedro arbeitet viel und erfolgreich, bekommt laufend neue Angebote für Chile und leidet jedes Mal mehr. Wir würden jedoch lieber heute als morgen nach Deutschland kommen. Wenn das nur mit dem Haus bei Joachim klappen würde! Das wäre wirklich ideal! Endlich irgendwo zu Hause sein! Ich hab ihn schon angerufen, weil ich es nicht mehr ausgehalten habe. Man ist hier ja wirklich vollkommen machtlos. Man kann nur abwarten. Schön, daß wir uns noch in Holland getroffen haben. Die paar Tage abschalten waren wirklich gut. Bei Euch hat die Arbeit sicher schon wieder einiges an Erholung aufgezehrt. Ich hoffe, Euch geht es trotzdem allen gut, gebt mal, wenn auch ein klitzekleines Lebenszeichen ab Silvia

Internet

Wir hatten nun endlich auch Internet zu Hause. Das war zu dieser Zeit noch nicht so üblich für jedermann, aber mein Vater brauchte es für die Arbeit.

Das Modem machte beim Einwählen furchtbare Geräusche, an die sich der eine oder andere Leser wahrscheinlich auch noch erinnern kann.

Internet bedeutete für mich in erster Linie, sich mit Menschen aus aller Welt über Chatrooms unterhalten zu können.

Meine beste Freundin Sarah war eines Tages zu Besuch und wir wollten zusammen ein bisschen im Chatroom mit Fremden sprechen. Also setzten wir uns vor den Computer im durch „Aircondition" gekühlten Arbeitszimmer meines Vaters.

Wir waren ganz aufgeregt, weil wir in einer gefühlt anderen Dimension unterwegs waren. Wir chatteten mit diversen Leuten in verschiedenen Chatrooms und gaben uns immer für einige Jahre älter aus. Schließlich waren wir erst elf Jahre alt.

Nach einiger Zeit kamen wir mit einem Mann ins Gespräch, der sehr nett und harmlos über Wind und Wetter schrieb. Genau in dem Moment, als wir ein Foto des Mannes öffneten, auf dem ein nackter Mann mit riesigem erigiertem Penis zu sehen war, kam mein Vater zur Schiebetür herein.

Wir standen unter Schock. Mit so etwas hatten wir nicht gerechnet - mein Vater wohl auch nicht.

Er guckte über unsere Schultern auf den Bildschirm und lachte sich kaputt.

Wir versuchten hektisch, dieses Bild wegzuklicken, jedoch erfolglos. Es war uns schrecklich peinlich. Mir schoss sofort durch den Kopf, was mein Vater jetzt denken müsse.

Es war nie wieder ein Thema. Ich glaube, dass er wusste, dass es ein Versehen war, und dachte, wir hätten unsere Lektion mit dem Internet nun zu Genüge gelernt. Er wollte dem - denke ich - nichts mehr hinzufügen.

„Que linda"
oder als Mädchen in Panama

„Wie hübsch sie ist", heißt „Que linda", und ich bekam das sehr häufig als Kind in Panama zu hören. Da ich grüne Augen habe, war ich da schon etwas Besonderes.

Hätte ich noch blaue Augen und blonde Haare gehabt, wie eine deutsche Bekannte von mir, dann wären die Leute durchgedreht wie bei ihr. Sie fanden sie alle sehr hübsch.

Meinen Vater erstaunte das immer und er meinte: „In Deutschland hätte sie keiner angeguckt oder als hübsch empfunden." Er wunderte sich immer über diese für ihn oberflächliche Betrachtungsweise der Panameños.

In Panama war es ebenfalls üblich, jeden zur Begrüßung und Verabschiedung auf die Wange zu küssen.

Es spielte keine Rolle, wenn man es nicht wollte oder es einem unangenehm war. Das kleine süße Ding musste, wenn Gäste kamen, immer alle küssen und wurde natürlich auch zurückgeküsst. Das war so üblich, dass man sich dann das hübsche Kleidchen am Wochenende anzog, wenn Experten - Arbeitskollegen meines Vaters - zum Essen kamen und dass man sie entsprechend begrüßte.

In Deutschland gibt es zu diesem Thema explizit Kinderbücher, die die Kinder darin bestärken, dass sie niemanden küssen müssen und sich von keinem küssen lassen sollten, wenn sie dies nicht möchten.

So unterscheiden sich Kulturen manchmal auch.

Inzwischen küsst man in Deutschland auch, aber eher enge Freunde als Bekannte. In Deutschland üblich sind nach wie vor der Handschlag, ein einfaches „Hallo" oder bei engen Freunden eine Umarmung.

In Panama wird ein Handschlag zur Besiegelung eines Geschäfts oder unter Männern gegeben, ansonsten eher nicht. Zur Begrüßung und Verabschiedung unter Freunden wird unter Männern oftmals eine seitliche kräftige Umarmung gegeben mit einem „spontanen" herzlichen Klatschen auf den Rücken des Anderen.

In Panama galt in den 90ern bei vielen Männern immer noch die Ansicht, dass der Mann schwach und der Frau ausgeliefert ist, die ihn mit ihrem Aussehen sexuell betört.

Meines Erachtens ist dies eine ganz gefährliche Sichtweise für die Frau. Die Vergewaltigung wird verharmlost, Frauen werden als Täterinnen dargestellt und Männer als Opfer ihrer Lust. Die Schuld für sexuelle Übergriffe und Vergewaltigungen liegt somit bei der Frau.

Schrecklich falsch.

Haustiere

Noch in Deutschland mussten wir leider unseren Leumas vor der Abreise nach Panama an eine andere Familie verschenken. Wer ist Leumas?

Leumas hieß das Meerschweinchen meines Bruders Samuel, der seinem Haustier schlichtweg seinen Namen nur rückwärts geschrieben und ausgesprochen verpasste.

Ich habe oft das Käfigsäubern übernommen, obwohl er eigentlich meinem Bruder gehörte. Ich kann mich noch an die kleinen Kötel erinnern, die er hinterließ, und das Pipi im

Stroh stank nach einer Weile bestialisch. Deshalb kümmerte ich mich dann auch um das Säubern.

Also tschüss Leumas und hallo Panama.

In Panama hatten wir erst einmal ein paar Jahre keine Haustiere.

Doch dann wollte mein Bruder unbedingt zwei Mäuse haben. Mein Vater hatte bis dato noch Angst vor Mäusen und ging von nun an nicht mehr in das Zimmer meines Bruders. So hatte mein Bruder zwei Fliegen mit einer Klappe geschlagen.

Mein Vater ging nicht mehr in sein Zimmer und beklagte sich in Folge dessen auch nicht mehr über die Unordnung dort. Und zudem hatte er seine zwei Mäuse, die Einstein und Zweistein hießen. Lustige Namen.

Es war auch immer lustig, mit ihnen zu spielen. Sie hatten durchsichtige Röhren und Räder und bauten sich Höhlen aus alten Klorollen, die wir ihnen in den Käfig legten.

Bis Einstein leider eines Tages krank wurde und ein großes Geschwür an seinem Auge hatte. Da setzte mein Bruder die beiden vor die Tür und hoffte, dass sie es dort besser hatten als bei uns. Sie wurden bei den Steinen am Meer ausgesetzt. Ob das lange für sie gut ging, weiß ich nicht. Ich denke leider nicht.

Mehr Haustiere gab es bei uns nicht. Also eher wenig Erfahrungen mit Tieren im Hause Nuñez.

Essen

Das Essen in Panama wurde bei uns zu Hause meistens von den Empleadas (Haushaltshilfen) zubereitet. Zu den Empleadas später mehr.

Zurück zum Essen: Es gab oft frittierte Kochbanane - Platanos Fritos - und dazu Reis mit dicken roten Bohnen. Das war exquisit. Arroz con pollo habe ich auch gerne gegessen - Reis mit Hühnchen - übersetzt. Das kocht man in einem großen Topf mit Gemüse und würzt es stark.

In einem Restaurant in Panama City - El Trapiche - gab es aber meine Leib- und Magenspeise, wie der Kleine Bär von Janosch es dem kleinen Tiger sagt (oder umgekehrt?), arroz con leche - Milchreis mit Zimt und Zucker.

Jetzt hatten wir dreimal Reis in verschiedenen Ausführungen. Zufall?! Nein.

Reis wird in Panama sehr oft serviert. Nudeln oder Kartoffeln haben wir dort fast nie gegessen. Dafür gab es aber statt Kartoffeln oft ñame - schmeckt ähnlich wie Kartoffeln, ist auch eine Wurzel und wächst in wärmeren Gefilden wie in Panama. Sehr lecker.

Wir waren sehr oft auswärts essen. Das war die Lieblings-freizeitbeschäftigung meines Vaters.

Ich fand das gar nicht schlecht. So haben wir exquisite Gaumenschmäuse der gehobenen Küche kennenlernen dürfen. Wir waren zum Beispiel im Caeser-Park im Salty's Restaurant, wo es Pfannkuchen in Miniaturausgabe gab und zwischen den zahlreichen Gängen rauchendes Eis zur Geschmacksneutralisierung.

Wir aßen außerdem häufiger in einem superteuren und leckeren japanischen Restaurant, in dem direkt vor der Nase am Tisch das Essen zubereitet wurde. Ganz frisch und nach Wunsch. Der Fisch war unglaublich lecker dort.

Silvia Trentmann - Nuñez   1. März 1997
C/O Deutsche Botschaft Panama
Postfach 1508
53275 Bonn

Tel.: 2262478

Internet: samlisa@sinfo.net

Rundbrief Nr. 9

Liebe Friedmanns!

Und wieder waren meine Aufzeichnungen, wenn auch noch nicht ausformuliert, weg, zerstört, ausgelöscht.

Diesmal war der CPU kaputt. Wir hatten zwar noch Garantie, aber eben nur für das CPU, und nicht für den Inhalt. Alle Programme mußten neu installiert werden. Das hat auch erst mal wieder gedauert.

Ob ich jetzt wohl daran denke, eine Sicherheitskopie zu machen und diese dann sicher zu verwahren?

Das war noch vor Weihnachten,

inzwischen hat sich einiges ereignet, wir haben jetzt eine Adresse in Duisburg!

Im Februar war ich für knapp 2 Wochen in Duisburg und habe ein Haus gekauft.

Die Adresse ab Juli 97 lautet also:

Graurheindorferstr. 4a
47057 Duisburg

Jetzt werde ich diesen Brief zum Ausdrucken vorbereiten, weil auch schon gleichzeitig die Vorbereitungen zur Ausreise beginnen. Deshalb werde ich auch nichts mehr per Hand dazuschreiben, die Zeit fehlt.

Tiere

Immer wieder muß ich an Pippi Langstrumpf denken. Als sie zur Insel im Fluß hinübergerudert sind, wird sie von Thomas und Annika gefragt, ob es dort wilde Tiere gäbe. Sie antwortet ihnen, die wilden Tiere seien die Mücken.
Für Panama könnte man sagen, die wilden, weil lästigsten, nervtötendsten, unaustrottbarsten, überall vorhandenen Tiere seien die Ameisen.
Gerade habe ich mir wieder eine aus dem Nacken geholt. Und ich bin nicht etwa im Park gewesen, oder habe mich über eine Wiese gerollt. Nein, ich habe auf unserem Sofa gesessen, in der 8ten Etage. Dazu muß man wissen, daß unsere Haushaltshilfe jeden Tag die Wohnung putzt. Aber es ist ein schier aussichtsloser Kampf gegen diese Biester. Oft hilft da nur noch Baygon (von Bayer!) eins der vielen hier in jedem Supermarkt erhältlichen und massiv eingesetzten Gifte.

Seit Beginn des Kanalbaus haben die Amerikaner Gift-spritzkampagnen in den Straßen Panamas durchgeführt. Noch heute werden die von den Amerikanern bewohnten Häuser in der Zone regelmäßig von außen bespritzt.

Viele Familien lassen ihre Wohnungen regelmäßig "fumi-gieren", d.h.: es werden alle Türen und Fenster geschlossen. die Bewohner halten sich außerhalb auf und ein "Spezia-list" verteilt das Gift in der Wohnung. Wenn diese Aktion in einer Wohnung in unserem Hochhaus durchgeführt wird. stinkt es bei uns noch bestialisch.

Der unbekümmerte Umgang der Amerikaner mit Chemie und die Liebe zu Sprayflaschen ist kritiklos von den Pana-maen übernommen worden.

Auf unserer Terrasse tummelten sich die Ameisen. Ich machte unsere Angestellte darauf aufmerksam. Ob ich nicht eine "medicina" (Gift) dagegen hätte, fragte sie.

Ja, ich holte meine "medicina", einen Putzeimer mit Lappen und heißem Wasser.

Verwundert beobachtete sie, wie ich die Ameisen mit diesen Gerätschaften beseitigte. So etwas hatte sie noch nie gesehen.

Putzen läuft mit möglichst viel Chemie ab. Am Besten erst mal ordentlich Ajax pur ins Waschbecken schütten, dann riecht es auch hinterher schön sauber. In Wirklichkeit ist dann nur der Dreck mit viel Chemie verwischt und gleich-mäßig verteilt worden.

Daß man mit heißem Wasser, ein Zehntel des Putzmittels darin aufgelöst, und ein wenig Muskelkraft einen besseren Effekt erzielt ist weithin unbekannt.

Geschirr wird unter fließendem kalten Wasser gespült, wobei jede Tasse und jeder Teller eine ordentliche Ladung Spülmittel abbekommt.

Aber zurück zu unserem Kampf gegen die Ameisen. Nachdem alles gründlich sauber gemacht worden ist, sprühe ich also dann schon mal Baygon an gewisse strategische Stellen, wie Türrahmen, Steckdosen, und Terrassentürränder.
Die Handhabung der Flasche habe ich mir allerdings vorbehalten, denn auch dabei geht es sonst nach dem Prinzip: Je mehr, desto besser.

Nicht nur in der Küche und am Eßtisch tummeln sich die Ameisen, inzwischen laufen sie auch munter über meinen Schreibtisch und den Computer.
(Ob wir doch mal fumigieren sollen?)
Ständige Haustiere sind auch kleine Salamander, die Spinnen vertilgen. Letztens habe ich eine Tasche ausgeräumt, in der wir Diakästen aufbewahrt hatten. Sie war voll von Spinnennestern. Und die Spinnen können hier unangenehme Bisse verursachen.
Ein Tier aber, dessen wir uns trotz aller Bemühungen nie ganz entledigen können, finde ich besonders eklig: die Cucaracha, ich glaube, in Deutsch würde es eine große Küchenschabe sein.
Sie kommen einfach überall hin und fressen fast alles. Nach einem Urlaub fanden wir sie in den auf Vorrat eingekauften Putzschwämmen. Um jeden Schwamm ist eine Papierbanderole gewickelt, die fanden sie lecker.

Schule IV

Wir halten viele Sachen für selbstverständlich, weil wir sie nicht anders kennengelernt haben. Besonders im Bereich Schule habe ich gemerkt, daß vieles auch ganz anders ablaufen kann.

Samuel kam in der Mitte des vierten Schuljahres nach Panama. Die Eingewöhnung war hart, aber am Ende des Schuljahres hatte er ganz gut Englisch gelernt und die Lehrerin, eine Engländerin, war sehr nett. Ich war wie vor den Kopf geschlagen, als sie mir eröffnete, daß sie Samuel im nächsten Jahr nicht unterrichten werde. Und Lisa bekäme auch schon wieder eine andere Lehrerin! Nach US-amerikanischen System unterrichtet jede Lehrerin und jeder Lehrer nur ein Schuljahr!

Lisa hatte also gerade das erste Schuljahr bei der erste-Schuljahr-Lehrerin absolviert.

Darin zeigt sich eine ganz andere Auffassung von Schule. Lehrer sind in erster Linie Wissensvermittler, der persönliche Kontakt zu Schülern und Eltern wird nicht so wichtig genommen. Die Klasse wird nicht als Gemeinschaft angesehen (keine Elternabende), sondern als Lerngruppe, die von Jahr zu Jahr weitergereicht wird.

Ob uns das gefiel, oder nicht, wir mussten uns darauf einstellen.

Die Schulbücher gefielen mir von Anfang an sehr gut. Ansprechende Bilder, übersichtlich gegliedert, die didaktischen Einheiten gut aufgebaut.

Nach einiger Zeit fiel mir auf, daß Lisa und Samuel, obwohl in verschiedenen Klassen, am selben Thema arbeiteten.

Ich sah mir die Bücher noch mal genauer an. Richtig, alle Bücher sind immer nach dem gleichen Muster aufgebaut. Das Science - Buch beginnt in jedem Jahr mit Biologie. Und damit immer mit der Entstehung des Lebens. Das allerdings immer auf dem entsprechenden Niveau. Während in einer Stufe also die toten von den lebenden Dingen unterschieden werden, beschäftigt man sich in einer höheren Klasse mit der DNS.

Da man auf diese Weise immer wieder auf das Erlernte vom Vorjahr aufbaut, wiederholt man, ohne daß es langweilig wird, und erwirbt eine Menge Wissen.

Ich muß sagen, diese Methode fasziniert mich, besonders für den naturwissenschaftlichen Bereich.

Gefährliches Pflaster

Nachdem wir ein Jahr hier in dem Haus gewohnt hatten, wurde unser Vermieter beim Joggen in einem nahe gelegenen Park erschossen.

Angeheuerte Killer hatten ihm aufgelauert und sind anschliessend im PKW geflüchtet. Bis heute ist der Fall nicht geklärt. Der Tat vorausgegangen waren mehrere Anschläge auf andere Mitglieder der Familie.

So nahe war ich bis dahin noch nie an einem Mord gewesen. Was wäre, wenn die Killer hier am Haus aufgelauert hätten, es ist doch schon vorgekommen, daß sie sich vertan haben. Uns war in jedem Fall äußerst unwohl. Da wir sowieso bereits einige Schwierigkeiten mit den Vermietern hatten, sind wir kurzerhand in eine andere gerade leerstehende Wohnung in diesem Haus umgezogen.

Damit zogen wir allerdings neue Schwierigkeiten auf uns. Die inzwischen nach Miami geflüchtete Witwe stellte vollkommen überzogene Geldforderungen an uns. Zum Glück hatte ich alle Belege aufbewahrt, Pedro erkundigte sich bei verschiedenen Rechtsanwälten, die uns alle Recht gaben.

Nach einiger Zeit erhielt nicht nur der Botschafter unflätige Briefe der Witwe, sondern in einer Anzeige in der meistgelesenen Tageszeitung wurde Pedro in seiner Position als Teamleiter des deutschen Projektes in Mafiamanier bedroht. Die sofort aufgesuchten Rechtsanwälte meinten, wir seien zwar im Recht, aber vor einer Kugel im Kopf würde uns das nicht schützen. Auch die Botschaft hat keine Möglichkeiten, in solchen Fällen irgendeinen Schutz zu gewähren.

Schmerzlich wurde mir die Bedeutung des Wortes "Rechtsunsicherheit" bewußt.

An vielen anderen Beispielen aus dem alltäglichen Leben zeigt sich dieser Zustand. Für mich ist die herrschende Willkür im gesamten Rechtswesen inzwischen zu einem entscheidenden Indikator für das Vorhandensein eines Entwicklungslandes geworden.

Mehr als 70% der Gefängnisinsassen sind nicht verurteilt. Viele warten schon seit mehreren Jahren auf ihren Prozess. Es gibt keine Untersuchungsgefängnisse und keine Entschädigung bei Freispruch.

Wenn jemand eine Anklage halbwegs glaubwürdig gegen jemanden erhebt, landet das Opfer bei Mördern und Vergewaltigern im Kittchen.

Wer Geld hat, findet natürlich Mittel und Wege…Die arme Bevölkerung trifft es wie bei allem anderen auch, besonders hart.

Zurück zu unserem Fall:

Unter Einschaltung eines Rechtsanwaltes einigten wir uns durch den Vater der Witwe und zahlten zähneknirschend einen Teil der Summe, Kopfgeld, sozusagen.

Inzwischen erscheinen ganzseitige Anzeigen in der Tageszeitung, in denen die Dame in ähnlich unflätiger Weise die Familie ihres toten Mannes des Mordkomplotts beschuldigt…

Viele Grüße und vielen Dank Silvia

Apropos: „Gefährliches Pflaster"

Einmal hörte ich im achten Stock unseres Wohnhauses Schüsse.

Ich dachte, sie kämen von unten, von der Straße.

Später informierte uns der „Conserje", der Portier, dass ein bewaffneter Raubüberfall in unserer Garage stattgefunden habe.

Jeder aus unserem Haus, der ein Auto besaß, hatte einen videoüberwachten und wettergeschützten Parkplatz, der durch ein Garagentor für alle verschlossen wurde, zu dem es eine Fernbedienung gab.

Eine mit Goldschmuck behangene, gut betuchte Dame unseres Hauses fuhr mit ihrem 4x4 in die Garage. Direkt hinter ihr her kam ein Pick-up Truck mit vier bewaffneten Männern. Sie wurde von ihnen überrascht.

Ihr Goldschmuck und ihr Bargeld wurden ihr gewaltsam entwendet. Sie fuhren laute Schüsse in die Luft abgebend an unserem Balkon acht Etagen unter mir vorbei.

Ich habe zum Glück nichts abbekommen, nur gesehen, wie sie wegfuhren. Eine Szene wie aus einem schlechten Actionfilm.

Wir hatten zwar auch am Haus einen „Guardia", einen bewaffneten Wachmann, jedoch konnte er alleine nichts ausrichten gegen diesen Angriff.

Das waren die neun Rundbriefe, die meine Mutter in Panama zu Papier gebracht hat.

Ursula hat mir jedoch noch einen Brief mitgegeben, den meine Mutter ihr 1994 von Panama aus geschrieben hat. Den habe ich hier noch hinzugefügt.

Er ist etwas persönlicher, da dieser nicht an 29 weitere Personen adressiert war, sondern nur an die Familie Friedmann.

Panamá, 4.5.94

Liebe Friedmanns!

Viele Grüße aus Panama senden Euch die Nuñezs.

Der Heimaturlaub rast sozusagen mit Riesenschritten auf uns zu und es wird Zeit, etwas genauer zu planen. Wir würden gern auf euer Angebot zurückkommen, bei Euch unsere Zelte aufzuschlagen. Zuerst werden wir in Maibach sein. Ab dem 26.6., vielleicht auch 1,2 Tage später werden wir in Duisburg sein. Würde es dann für Euch möglich sein, uns zu beherbergen, oder ist der Termin ungünstig? Schreibt es uns bitte, denn wir haben auch noch einige andere Möglichkeiten, die wir dann rechtzeitig in Anspruch nehmen müßten. Gerade bin ich unterbrochen worden. Der Kühlschrank, vielmehr das Gefrierfach ist kaputt. In diesen Breiten eine mittlere Katastrophe. Der ganze Kühlschrank wird morgen abgeholt. Dann müssen wir unsere Sachen in Kühlboxen tun und Beutel Eis von der Tankstelle holen, ist zum Glück in der Nähe. Und das ausgerechnet vor der Wahl am Sonntag! Es herrscht nämlich eine gewisse Unsicherheit, was geschehen wird. Vorsichtshalber decken sich die Leute schon mal mit Lebensmitteln ein. Da muß ich wohl jetzt auf Konserven umsteigen. Das sind so die kleinen Überraschungen hier. Den Kühlschrank haben wir gebraucht gekauft (600$). Nach einem halben Jahr war der Kompressor kaputt, jetzt ist Gas entwichen. Mal sehen, wie es weitergeht. Wir haben auch schon unser zweites Bügeleisen und unser zweites Bügelbrett, seitdem wir hier sind. Letzteres ist einfach in der Mitte durchgebrochen. Jedes Material wird hier unwahrscheinlich angegriffen. Ich hoffe, wir halten uns noch eine Weile. Uns geht's eigentlich ganz gut, besonders die Kinder haben sich jetzt ganz gut hier eingelebt. Samuel war gerade auf einer Klassenfahrt und hat sehr viel Spaß gehabt. Lisa hat auch Freundinnen und ist nachmittags mit Turnen und Klavierspielen beschäftigt. Das "eigentlich" bezog sich hauptsächlich auf die Großen. Pedro, gerade von einer Grippe genesen, mußte gestern eine Operation beim Zahnarzt über sich ergehen lassen und ist ganz schön mitgenommen. Geht natürlich trotzdem arbeiten. Mich beeinträchtigt neben kaputten Gefrierfächern diese ekelhafte Schwüle, die kennzeichnend ist für den allmählichen Beginn der Regenzeit. Ich bin ständig verschwitzt und man kann ja nicht den ganzen Tag unter der Dusche stehen. Aber sonst geht es mir und Pedro und uns hervorragend. Ich hab mir fest vorgenommen, mich nie mehr so einem Streß aussetzen zu lassen, wie in der Zeit, bevor wir hierhergekommen sind. Aber ich glaube, die Bedingungen dafür sind auch sehr viel besser geworden. Habt Ihr gehört, daß Samuela heiratet? Ich bin mal gespannt. Ich werde den Brief jetzt beenden, um ihn morgen mit Botschaftskurier abzuschicken.

Alles Gute, viele Grüße

bis bald Silvia

„Hervorragend"

Dass es uns „hervorragend" ging, kann ich aus der Kinderperspektive nicht wirklich sagen.

Wir hatten alles, was man so zum Leben brauchte, und mehr materiell gesehen. Auch meine Mutter und Vater haben sich sehr geliebt und uns auch, das konnte man spüren.

Jedoch fehlte es an Selbstreflexion, Verarbeitung von Traumata und emotionaler Unterstützung bei auftauchenden Problemen, sowohl in der Schule als auch zu Hause. Meine Eltern haben sich ziemlich viel gestritten, was an sich ja kein Problem ist und zu einer Beziehung dazu gehört, jedoch waren die Streitereien nie konstruktiv und endeten meines Erachtens nicht häufig mit einer vergebenden Versöhnung. Das ist keine Abrechnung mit meinen Eltern. Ich habe ein gutes Verhältnis zu ihnen. Es ist vielmehr eine Beschreibung unserer Situation als Kinder, die uns unter anderem zu den Menschen gemacht hat, die wir heute sind.

Die Karriere meines Vaters ging vor. Bei meiner Mutter lagen Kompetenzen brach und Freundschaften mussten größtenteils aus der Distanz gepflegt werden. Mein Vater verspürte immer mehr den Wunsch, nicht nach Deutschland zurückzukehren, sondern zurück in sein Heimatland Chile zu gehen. Es gab für meinen Vater beruflich die Optionen, nach Chile oder nach Guatemala mit uns allen weiterzuziehen.

Diese Optionen hätten für meinen Bruder und mich für noch mehr Verwirrung und Verunsicherung gesorgt. Wir waren nach fünf Jahren gerade emotional in Panama angekommen. Deutschland oder Panama hieß es in meinem Kopf. Eine weitere Option gab es für mich jedenfalls nicht.

Mein Vater hatte es als Ausländer in Deutschland nicht so leicht. Er war froh, wieder in der Nähe seines Kulturkreises zu leben, und bekam Anerkennung für seinen beruflichen Erfolg.

Er wusste, was er konnte und wollte, und in Deutschland waren seine beruflichen Perspektiven eher schlecht. Ihm drohten die Rollen als Hausmann und Familienvater. Dies konnte er sich überhaupt nicht mehr vorstellen. Meine Mutter dagegen wollte in ihre Heimat zurück - zurück zu ihrem Beruf, ihren Freunden, Familie und ihrer gewohnten Umgebung. Letztlich setzte sich meine Mutter durch. Mein Bruder und ich bekamen die Diskussionen, bevor wir nach Deutschland zurückkehrten, nicht mit, aber es gab sie sicherlich.

Mein Vater träumte schon immer von einer Rückkehr nach Chile, auch weil er nicht freiwillig weggegangen war, sondern fliehen musste. Ein paar Jahren später ging er tatsächlich zurück - ohne meine Mutter.

Haushaltshilfen/ Empleadas

Von Julia über Carmen bis Javiera, die Namen der anderen fallen mir leider nicht ein, denn ihr Aufenthalt bei uns war zu kurz, um sie in Erinnerung behalten zu können. Alle drei waren in den fast sechs Jahren Panama unsere Haushaltshilfen, in Panama „Empleadas" genannt, und unterstützten meine Mutter bei allen anfallenden Aufgaben rund um unseren Haushalt.

Soweit ich mich erinnern kann, waren Julia und Carmen Schwestern. Zuerst war die eine bei uns, dann die andere.

Julia hat eine Schneiderlehre angefangen und deswegen aufgehört, bei uns zu arbeiten. Und was Carmen für eine Lehre angefangen hat, weiß ich nicht mehr, sie hat aber eine angefangen.

Sie waren beide eher ruhig und ganz unpanameñas. Sie waren vom Gemüt her eher zart und nicht wirklich draufgängerisch.

Sie kamen vom Land und hatten noch nie zuvor einen Fernseher gesehen. In ihrem Zimmer bei uns, wo sie ab und an auch mal über Nacht blieben, hatten sie einen Fernseher.

Ich weiß noch als uns, ich glaube, es war Julia, beim Bügeln zu sich rief - meinen Bruder und mich - und ganz entgeistert bemerkte, dass im Apparat in ihrem Zimmer Menschen drin stecken würden.

Samuel und ich haben uns zunächst köstlich amüsiert und Samuel hat ihr dann versucht zu erklären, dass es nur eine Übertragung sei und nicht tatsächlich kleine Menschen im Fernseher säßen, ständen oder redeten.

Sie hat sich dann schnell an den Apparat gewöhnt und von nun an mit Genuss jeden Tag beim Bügeln in ihrem kleinen Zimmerchen hinter der Waschküche Telenovelas geguckt - herzzerreißender Kitsch vom Feinsten.

Carmen kam einmal ganz verschreckt - kein Wunder -, aber sehr ruhig in mein Zimmer, als ich gerade mit meiner Mutter am Keyboard saß und Klavier übte.
Sie hatte sich das Gesicht am Backofen verbrannt. Sie hatte ein Streichholz in den Backofen hineingehalten, um das Feuer unter dem Ofen zu entzünden. Leider war das Gas schon länger eingeschaltet und hatte sich schon im ganzen Ofen verteilt. Eine Flamme kam ihr entgegen und traf sie an der Hand und im Gesicht.

Anstatt hilfeschreiend zu uns zu rennen, klopfte sie vorsichtig an die Tür meines Zimmers und sagte ein leises „Permiso", was so viel bedeutet wie „Entschuldigung". Sie hatte sich die Augenbrauen und Wimpern verbrannt. Ihre Hand hatte das Meiste abbekommen. Verbrennungen zweiten Grades - glaube ich mich zu erinnern.

Sie stand unter Schock. Als meine Mutter sie sah, fuhren wir sofort ins Krankenhaus. Erst hatte meine Mutter noch genervt gesagt: „Ahora no" - „Jetzt nicht", bevor sie sich umdrehte und sofort ihre Worte bereute. Sie kümmerte sich umgehend um sie. Ihre Narbe an der Hand wird sie wahrscheinlich bis heute an unsere Familie erinnern. Ich wünschte, sie hätte ein schöneres Andenken von uns bekommen. Sie war wirklich sehr lieb und ich habe nur positive Erinnerungen an sie.

Javiera war eine ganz andere Nummer. Auch an sie habe ich nur positive Erinnerungen.

Sie war ruppig, kräftig, ganz Panameña mit Brüsten, die fast so groß waren wie ich, und einem schönen runden Bauch, auf dem die Brüste sich mal ausruhten. Mal schaukelten sie auch zu ihren ausschweifenden Gesten, zu denen sie Dinge ausrief wie: „Ajo, Chuleta!" - auf Deutsch „Knoblauch, Steak" und dazu die Zeigefinger an Mittelfinger und Daumen rhythmisch zusammenschlug oder besser gesagt klatschte. Sie schnipste nicht mit den Fingern, wie in Deutschland. Sie schlug die beiden Finger ausgestreckt aneinander, so dass ein klatschendes Geräusch entstand.

Wenn sie lachte, was sie oft tat, dann wackelte ihr ganzer Körper im Rhythmus ihres herzlichen Lachens.

Javiera war bis zum Schluss bei uns zu Hause in Panama da.

Sie flirtete immer ein wenig mit jedem und sprach meinen Vater, der mit Vornamen Pedro hieß, immer in einem flirtigen Singsang mit „Señor Pedro" oder „Herr Pedro" an, wenn sie irgendetwas von ihm wollte.

Schweizer Taschenmesser

Als ich ungefähr neun war, habe ich mitbekommen, wie mein Bruder sich von meinen Eltern immer wieder erfolglos ein Schweizer Taschenmesser wünschte und mit einem am Flughafen in Panama - Tocumen Airport - liebäugelte. Ich beschloss, ihm eins zu kaufen.

Ich wusste, dass meine Eltern die Dringlichkeit seines Wunsches nicht erkannten und seinen Wunsch nicht erfüllen würden.

Ich wollte ihm den Wunsch unbedingt erfüllen. Ich sparte also ein Jahr lang mein gesamtes Taschengeld, das ich monatlich bekam, um meinem Bruder ein Schweizer Taschenmesser zum Geburtstag schenken zu können.

Dies tat ich dann auch und die Überraschung war groß, als er das Geschenk zu seinem Geburtstag auspackte. Er konnte es nicht fassen, dass seine drei Jahre jüngere Schwester es geschafft hatte, so lange eisern für seinen Wunsch zu sparen. Er war gerührt.

Er schnitzte damit voller Freude an Baumstücken herum und bastelte uns Hütten aus großen panamaischen Blättern und Ästen.

Bis er es zwei Monate später auf einer Reise verlor.

Ich sparte wieder und kaufte ihm sein zweites Schweizer Taschenmesser, dass er meines Erachtens bis heute besitzt. Die Verbundenheit zu meinem Bruder und seine Bedeutung für mich waren von Anfang an sehr groß.

Interkulturelle Außenseiter?

Man könnte meinen Bruder und mich zunächst als interkulturelle Außenseiter in Panama bezeichnen. Wir waren keine richtigen Deutsche, keine richtigen Chilenen und erst recht keine richtigen Panamaer. Wir waren Außenseiter.

Mein Bruder hatte mehr Durchsetzungskraft und glücklicherweise eine Klasse mit mehreren solchen Außenseitern erwischt, die sich untereinander fanden, da wir einer internationalen Schule angehörten.

Ich war in einer Klasse mit vorwiegend reichen Panameños/as, bei uns „Llelleisitos" genannt. Diese waren extrem wohlhabend und zeigten oftmals wenig Toleranz gegenüber Randgruppen.

Ich hatte in den letzten zwei Jahren nur eine beste Freundin in der Schule - Sarah. Samuel hatte mehrere gute Freunde.

Aber Sarah und ich hielten zusammen wie Pech und Schwefel.

Beliebt waren mein Bruder und ich letztendlich nicht nur wegen der Croissants. Im letzten Jahr gelang es mir, immer mehr oberflächliche Freundschaften in meiner Klasse zu knüpfen. Mein Bruder hatte weniger Schwierigkeiten, Anschluss zu finden, auch weil er gerne und gut Gitarre spielte und ein „Skater" war. Das machte ihn zunehmend interessant für das andere Geschlecht.

Irgendwann konnte ich mit meinem Charme dann doch einige Herzen für mich gewinnen. Am Valentine´s Day - Valentinstag - gab es immer Süßigkeitentütchen, die man für jemand anderen bestellen konnte mit Namen des Absenders oder Fragezeichen drauf. Ich meine mich erinnern zu können, dass ich im letzten Jahr sechs solcher Tüten von Mitschülern geschenkt bekommen habe. Da habe ich mich natürlich sehr gefreut.

„Que Dios le Bendiga"

Bedeutet so viel wie „Möge Gott Sie bändigen" - nein, quatsch - die Panameños wünschen einem das oftmals zum Abschied, wenn man zum Beispiel aus einem Geschäft den Weg nach Hause antritt. Es heißt: „Möge Gott Sie segnen."

Es ist eine ganz normale Abschiedsfloskel in Panama, die wohlgemeint ist.

Meine Mutter empfand das immer als schrecklich kitschig und gottestreu. Ich hingegen habe mich immer gefreut.

Ich konnte gar nicht verstehen, dass sie so „anti" alles war, was mit Glauben zu tun hatte. Sie war sauer, wenn jemand diese Floskel benutzte. Sie fand sie übergriffig. Ich fand diese Verabschiedung immer sehr herzlich und auch meistens ehrlich gemeint und nicht einfach so daher gesagt.

Was kann man jemandem Schöneres auf den Weg geben als Gottes Segen und Glück?

Egal wo es herkommen mag, Gott wird ja im Allgemeinen als etwas Positives angesehen, als so etwas wie Licht.

Warum stört man sich so daran, wenn jemand einem mehr Licht und Glück im Leben wünscht? Davon kann es doch einfach nicht genug geben.

T-Shirts

Bei meinem Bruder war es plötzlich in, keine Marken-T-Shirts mehr zu tragen, sondern von Supermärkten oder bei Tombolas gewonnene „Mit-Aufdruck-von-irgendwelchen-Werbeartikeln"-T-Shirts. Dazu trug er dann eine weite, dann doch teure Markenhose und Vans, Skaterschuhe. Zusätzlich musste er natürlich auch Skateboard fahren. Ich fand das unglaublich cool und konnte bisweilen auch mal einen „Olli" - mit dem Skateboard hochspringen und wieder darauf landen.

Ich zog knappe, bauchnabelfreie Tops und auch „Baggy" - weite - Hosen an. Smileys auf den T-Shirts waren bei mir eine Zeit lang in und ich hörte Alanis Morissette und No Doubt und mein Bruder hörte Propagandi und Nirvana.

Ich sammelte Sticker in meinem Pocahontas-Stickeralbum, spielte Dschungel auf einer kleinen Hängematte in meinem Zimmer mit meinen Kuscheltieren und mein Bruder lernte Gitarre spielen. Er komponierte und schrieb Lieder und spielte sie auf dieser in seinem Zimmer. Er malte viel und las ab und an Bücher, die von Fantasy-Helden in mittelalterlichen Burgen mit Kriegen handelten.

Ich las Detektivgeschichten auf Englisch und zum Beispiel „Sideways stories from Westside school." Roald Dahls „Witches" fand ich in der vierten Klasse toll. Später in der fünften Klasse waren es dann „The Giver" und „Number the Stars".

Ich war eine Leseratte, mein Bruder eher weniger. Er guckte lieber Beavis und Butthead auf MTV, während ich gerne Ricky Lake - eine Talkshow aus den USA - guckte. Manchmal fragte mein Bruder mich vor dem Fernseher MTV guckend ab, welche Lieder mit welchen Interpreten gerade im Fernsehen liefen. Ich musste beides in den paar Sekunden erraten, bevor es angezeigt wurde. Er wollte mich unbedingt zu einem coolen Mädchen heranziehen.

Er war immer sehr besorgt, dass ich gehänselt würde, und wollte, dass ich mich mit Musik auskenne, da es aus seiner Sicht eine sehr wichtige Sache für den Coolnessfaktor bei Gleichaltrigen war. Er hatte auch recht.

Nur, meistens, habe ich mich sehr stark unter Druck gesetzt gefühlt und konnte auch deswegen die Interpreten oder das Lied nicht benennen, auch wenn ich es schon mal gehört hatte.

Er wurde dann oft leicht gereizt und sagte, ich müsse mich besser konzentrieren, das hier sei wichtiges Training für mich.

Mein Bruder gehörte in seiner Klasse fast seit Anfang an zu den coolen Kindern. Zwar zu den Außenseitern, aber dann waren es die coolen Außenseiter, die mit ihrem Intellekt den Lehrern argumentativ überlegen waren, sie herausforderten und sie „auseinandernahmen".

Apropos „auseinandernehmen": Samuel musste in der siebten Klasse im Biologie-Unterricht (Science) einen Frosch auseinandernehmen oder wissenschaftlich gesagt sezieren. Er fand es cool.

Ich hatte immer Angst davor und wollte keinem Tier etwas zuleide tun, auch nicht einem Frosch, und war sehr froh, als es dann hieß, dass ich die siebte Klasse nicht mehr in Panama wäre, sondern in Deutschland. Zumindest den kleinen Vorteil hatte das Ganze.

Schluss

Meine Mutter hat einen Kulturschock erlitten.

Diese Extremsituation ist auch an uns Kindern nicht spurlos vorbeigegangen.

Meine Mutter hatte sich mithilfe von Spanisch- und kulturellen Kursen bei der GTZ in Bad Honnef ein paar Wochen lang vorbereitet, um keinen Kulturschock in Panama erleiden zu müssen.

Ich denke, es wurde in diesem Buch deutlich, dass die Erfahrungen, die man im Alltag macht, wenn man ins Wasser geworfen wird (das nicht unbedingt kalt sein muss), wertvoll sind. Bücher und Kurse können einen nur bedingt auf die Realität vorbereiten.

In den 90er-Jahren waren die Möglichkeiten, sich über ein Land wie Panama zu informieren, zudem sehr begrenzt.

Heutzutage könnte man sich im Internet so gut wie alles vorab angucken und persönliche Berichte von Auswanderern lesen. Mit Google Maps oder Earth könnte man sich vorab ein Bild vom Land und Panama City machen. Es wäre mit einem Navigationssystem im Auto sicherlich auch einfacher, im Straßenverkehr den Weg zu finden. Das Verhalten der „Panameños" im Straßenverkehr hat sich meines

Wissens aber nicht großartig verändert. Ich war aber selbst das letzte Mal im Jahr 2003 in Panama-Stadt.

Panama ist eine Reise wert.

Wenn dieses Buch dazu angeregt hat, Panama (wie es heute ist) näher kennenlernen zu wollen und einen Besuch zu planen, freue ich mich, einen Teil zu einem möglichen zukünftigen Vergleich zwischen dem Panama der heutigen Zeit und dem der 90er-Jahre beigetragen zu haben.

Panama - wie die Panamaer sagen - ist das Zentrum der Welt. Der Panamakanal macht es seit etlichen Jahren schon zu einem internationalen Handelszentrum.

Wenn es einem möglich ist, ist die Reise nach Panama eine spannende.

Allein der Flug verspricht schon viele Erlebnisse. Wer lieber in Deutschland bleibt oder nicht fliegen kann, dem habe ich in diesem Buch ein wenig Exotik gegönnt.

Wir haben uns nach und nach in Panama eingelebt.

Wir haben uns alltägliches Wissen angeeignet und nach und nach mehr Akzeptanz von den Panamaern erfahren. Mein Vater erhielt beruflich gesehen die höchste Anerkennung, indem ihm der wichtigste Orden Panamas verliehen wurde.

Meine Mutter wurde von mir und meinem Bruder anerkannt - als erfolgreiche Hausfrau und Mutter, die viel geleistet hat. Dies gab ihr leider keinen „Karriereboost". Jedoch als deutsche Beamtin, die ohne große Schwierigkeiten zurück in ihre Heimat und ihren Beruf konnte, war dies sowieso kein Thema.

Mein Vater hatte als Chilene bei seiner Rückkehr nach Deutschland trotz Karrieresprungs wieder zu kämpfen, um Anerkennung, Respekt und einen Job. Die Situation war für ihn auf Dauer nicht tragbar. Nach zwei Jahren nahm er zunächst ein Projekt in Mexiko für zweieinhalb Jahre an und kehrte dann nach Deutschland zurück, um sich 2004 endgültig von Deutschland zu verabschieden und nach Chile zurückzukehren.

In Panama hatte mein Vater den sprachlichen Vorteil, war jedoch als Entsandter einer deutschen Gesellschaft immer wieder als der „Chilene" in der Position, etwas beweisen zu müssen.

Meine Mutter wurde zum ersten Mal in ihrem Leben als „Señora" angesprochen und von vielen, zum Beispiel vom Portier, als erhabene Frau angesehen. Sie gehörte in Panama zur Oberschicht.

Ihr wurden beispielsweise die Tüten zum Auto getragen. In Deutschland hatte sie so etwas nie erlebt. In ihrer Ursprungsfamilie in Deutschland gab es noch nicht einmal ein Badezimmer im Haus. In Panama hatten wir gleich vier davon.

Sie war in Panama jedoch abgeschnitten von allem, was sie bisher kannte, und von allen, die sie kannte. Das war hart.

Am Ende unseres Panama-Aufenthaltes war es sogar so, dass ich Panama als meine Heimat ansah und nur widerwillig zurück nach Deutschland kehrte. Im letzten Jahr - zwischen 1996 und 1997 -, als ich 11 Jahre alt war, konnte ich mir ein Leben in Deutschland kaum noch vorstellen.

Schreiben auf Deutsch, musste ich mir erst einmal beibringen, als ich in die siebte Klasse auf das Gymnasium in Duisburg kam. Und der Kulturschock ging wieder von vorne los - diesmal in Deutschland und für mich.

Nachwort

Wir mussten uns als Familie in einem völlig neuen Kontext kennen und lieben lernen.

Dieses geschah zunächst für den einen weniger erfolgreich als für den anderen.

Immer wieder im Leben entwurzelt zu werden sorgte in meinem Leben für wenig Stabilität im Außen, jedoch wurde der innere Kern oder Wegweiser, was Gefühle und Wertvorstellungen anging, immer klarer und stabiler mit den Jahren. Ich wusste, wohin ich wollte – wie das Land der Träume theoretisch auszusehen hat –, jedoch wusste ich weder wo es sich befand noch, mit wem ich es gestalten könnte.

„Das Land der Träume", wie in dem Buch von Janosch „Oh, wie schön ist Panama" genannt, habe ich zwar nicht in Panama gefunden, jedoch durch Panama u. a. in Deutschland wiederentdeckt und zu schätzen gelernt. Man kann sich in dem schönsten Land verloren fühlen, wenn es einfach von den Gegebenheiten und den Menschen irgendwie nicht passt in dem Moment. Wenn man sich selbst jedoch gefunden hat und seine „Familie", ob Verwandte, Freunde oder Bekannte, ist es fast egal, wohin man mit denen verreist. Man hat sich selbst und seinen engen Kreis immer bei sich, seine eigene Heimat.

Ich habe in meinem Kulturanthropologiestudium mal eine Arbeit geschrieben: „Auf einer Reise nimmt man sich immer selbst mit" sinngemäß.

Das stimmt.

Wenn man ein Fähnchen im Wind ist, ist es schwer.

Für den gewachsenen Baum, der viele Wurzeln geschlagen hat im Leben und der dann samt Wurzeln verfrachtet wird, um an einem neuen Ort mit geeigneten Grundbedingungen zu leben, ist alles in Ordnung.

Wenn dieser Baum jedoch mit Wurzeln in eine Wüste verfrachtet wird, wo es keine Erde gibt und die Wurzeln freigelegt werden und keinen Halt finden können, dann geht es einem wie meiner Mutter in Panama.

Ich war das Fähnchen im Wind.

Es war schwer. Gerade deshalb bin ich zu dem Baum mit Wurzeln geworden, der ich heute bin.

Das Land der Träume mit seinen Ecken und Kanten habe ich nach jahrelanger Suche endlich in meinem Zuhause in Bonn im Rheinland, zusammen mit meinem Ehemann und meinen beiden Söhnen, gefunden. Ich fühle mich angekommen. Zu Hause. Ich habe in mir selbst und in meinem Außen Heimat gefunden.

Der Kulturschock ist für mich endlich überwunden.